天才捕手

天堂没有入殓师

入殓师
孙留仙
著

SPM 南方传媒 | 广东人民出版社
·广州·

图书在版编目（CIP）数据

天堂没有入殓师 / 孙留仙著. —广州：广东人民出版社，2024.1

ISBN 978-7-218-17065-7

Ⅰ. ①天… Ⅱ. ①孙… Ⅲ. ①日记—作品集—中国—当代 Ⅳ. ① I267.5

中国国家版本馆 CIP 数据核字（2023）第 211329 号

TIANTANG MEIYOU RULIANSHI

天堂没有入殓师

孙留仙 著

出 版 人： 肖风华

责任编辑： 周汉飞

责任技编： 吴彦斌 周星奎

装帧设计： 刘 哲

出版发行： 广东人民出版社

地 址： 广州市越秀区大沙头四马路 10 号（邮政编码：510199）

电 话：（020）85716809（总编室）

传 真：（020）83289585

网 址： http://www.gdpph.com

印 刷： 北京蚂蚁印科技有限公司

开 本： 880mm×1230mm 1/32

印 张： 7 **字 数：** 120 千

版 次： 2024 年 1 月第 1 版

印 次： 2024 年 1 月第 1 次印刷

定 价： 52.00 元

如发现印装质量问题，影响阅读，请与出版社（020-85716849）联系调换。

售书热线：（020）87716172

前　言

我叫孙留仙，是一名入殓师。

我16岁入行，工作已9年，送走了这座东北小城里5000位逝者。毫不夸张地说，我把整个青春都献给了他们。

我见过各种死法的逝者：冻死的，会保持生前姿势；溺死的，会泡得浮肿；上吊死的，不吐舌头而是脖子上留下青紫色的勒痕。我的工作就是把他们恢复成生前的样子，让他们体面、整洁地离开这个世界。

冻死的遗体，肌肉会僵硬，需要先抹上精油，慢慢按摩到肌肉放松状态；溺死的遗体，需要抽干液体，保证体内不留水分。最花时间的是给遗体洗澡，水流小了，冲不干净；水流大了，又会冲破皮肤，同时要小心别让水流进遗体耳朵里。

洗完澡后还要剪指甲——手指甲和脚趾甲，因为遗体的指甲会发硬，普通的指甲刀剪不动，所以需要用大剪。清理完，用胶水封住遗体的嘴，避免火化时气体从喉咙排出，发出声音。最后，也是最关键的一步——抽干遗体的血液和空气，摆放好离世的姿势，送去火化。

以上，只是作为一名入殓师应该掌握的最基本入殓技能。

透过遗体了解逝者生前的故事也是我工作中的一部分，尤其是面对一些特殊逝者时，让我明白安慰生者比处理遗体更重要。这本书中讲述的几位特殊的逝者，就是如此。我不仅为他们入殓，还了解了他们生前的故事，为他们量身定制了一场专属的“送别”。

遗体虽然不会说话，却教会了我很多。

目　录

我的职业是人殓师

2016年12月6日，凌晨1点多。睡梦中听到手机铃声，我本能地坐了起来。入殓师这个工作就是这样，需要24小时待命，半夜来遗体的话，就得立马到位。

我以为是去殡仪馆，没想到是去一位逝者家里，而且师父许老大叮嘱我，遗体画面有点惨烈，要做好心理准备。

我有点蒙了：出现场的话，不应该先是法医，或者医生，最后才是我们吗？怎么反着来了？入殓师虽然有时也会出现场，但在我们小城市概率极低，杀人、车祸在这儿绝对是爆炸性新闻。

说实话，这几年虽然我没少见到遗体，也做好了心理准备，但还是被现场吓了一跳。这几乎是我职业生涯里最刺激，也是最不想回忆的一个画面。

现场在一座小楼一层的房子里，房子 47 平。里面住了两家，共用一个厕所，没有客厅，只有两个卧室和一个厨房。踏进屋里，竟然香香的——熏香混着洗衣液的味道。我猜一定是个女孩子住，而且这个女孩子应该很爱美。墙被刷成了粉色，很温馨，阳台栽着不知名的小花，铺着地毯，还放了一套小桌椅，看来主人经常坐在阳台晒太阳。

如今，这个女孩就躺在地上，上衣和裤子都没穿。遗体只剩躯干，伤口破损严重。我倒吸了一口凉气，难道这个女孩被性侵后遭到杀人分尸？心里把这个惨无人道的凶手诅咒了好几遍。

思绪拉回到现实工作中，我考虑的是破损可以修复，但没了脑袋，要怎么还原啊？我下意识地问了警察一句："法医呢？医院的人呢？身份知道吗？死亡证明有吗？"这么问是为了把遗体弄走，然后存放在冰柜里，等家属来了以后再做下一步处理。警察说，这些人都来过了，最后才找的我们。接下来，法医会先在我们单位做尸检，对比身份，然后我们再出面做一个死亡证明。至于怎么修复，就得等家属来后再沟通了。

死者身份很快就确定了，是邻市一个 20 岁的姑娘，叫宁宁。她在本地一家餐馆打工，因为爱干净，嫌宿舍人多、闹腾、脏乱，就自己租了这个温馨的小房子。遗体被拉到殡仪馆后的第三天，宁宁的妈妈终于来了。

从宁宁妈妈的口中得知，宁宁 7 岁时，她爸爸就去世了，当时有不少人劝过宁宁妈妈改嫁，但她没同意，怕二婚的男人对女儿不好，这么多年，母女二人一直相依为命。出了这样的事，这位母亲的精神支柱完全垮了，在殡仪馆里哭得撕心裂肺，一边哭一边喊："这是哪个天杀的干的啊，这么对待我的孩子，你杀就杀吧，为什么这么折磨我的孩子啊！"

我在一边看着，心里也很难过，等她没有力气哭喊了才过去问她："您打算怎么处理？"

宁宁妈妈咬着牙恨恨地说："凶手一天不抓住，丢失的身体部位不找回来，我就一天不让宁宁火化。"随后，她提出先给宁宁办理遗体寄存。我们尊重她的选择，很快就办好了手续。

经过进一步的侦查，在宁宁被杀两个星期后，警察在小院中的破水缸里，发现了一块儿巨大的石头，下面埋着宁宁的手和脚，但脑袋不在。警察把屋里屋外翻了个遍，还按照杀人犯的行为路线，一路找可能扔脑袋的地方，就连幼儿园都列入了搜索范围，甚至还让我们这些人闲着没事的时候都去帮忙找脑袋，但还是没找到。当时还有传闻说犯罪嫌疑人爱吃人，脑袋早被他煮了吃了。

既然手和脚都找回来了，那就先缝合手脚。当时许老大也在，我们一起把宁宁带回了工作间。我跟宁宁说："今天我们帮你把手和脚缝上。我手生，缝起来可能会疼，你忍着点，我尽量温柔些。不过我师父的手艺不错。"说实话，在宁宁这具遗体上缝合已经开始腐烂的手脚，真的费了不少劲儿。缝完后，宁宁妈妈心里好受多了，说："起码现在看着有点儿人样了。"我嘴上安慰她，心里盼着早日破案。

可能是心里总惦着宁宁的事吧，从给她缝完手脚那天开始的一年多里，我经常梦见宁宁站在我面前呜呜地哭，跟我说："求求你，帮我找找脑袋。"我想，可能是因为那天午夜现场是我去的，她破损的位置也是我缝合的，所以她信任我，想让我帮她完成这个未了的心愿吧。接下来只要有空，我都会去帮宁宁找脑袋。

之前我讲过，做噩梦这事对我来说，一点儿都不陌生。从当学徒到出师的一年半时间里，我几乎每一天都做噩梦。这些遗体会在我脑子里打麻将、喝茶，甚至开聚会。有一次晚上值班，我困了，睡了一会儿，梦里一个老太太对我说："你把我的衣服扣子解开，给我重新穿一下。"我说："怎么了？"她说："你给我扣错了。"唰地一下，我瞬间就醒了。然后，跑到刚刚入殓完的老太太那儿一看，果然是我粗心，把一个扣子扣错了。我只能宽慰自己说：下次再不细心干活，梦里还有老太太来找你。

噩梦做到第10个月左右的时候，我实在被折磨得受不了，就想着，算了不干了。但后来一想，不行，我才干了几个月，难道就要放弃了？当时能撑下来，多亏了师父那句"怂了吗？行就回家吧"刺激了我。

老话讲，柳树枝是驱鬼的，我特意折了一根，在睡觉之前大声说："我有武器了，今天晚上谁再来，可别怪我不客气！"真的挺神奇的，我那一晚做噩梦少了很多。

鬼是假的，人的恐惧是真的。

宁宁被杀4个月后，犯罪嫌疑人终于归案了，竟然是宁宁的房东。

2016年9月30日，宁宁去看房子，给房东一次性交了一年6000元钱房租。房东是个36岁的男人，离婚两年，属于在外面混得不好，回家耍横的那种人。媳妇嫌他窝囊，两人没孩子，就痛快离了。离婚后，这男人对前妻越想越恨，甚至想过要杀了她，但是他没那个胆量，只是说说而已。

这男人说，宁宁第一次来看房子时，他就看上了宁宁。之后他经常买吃的给宁宁送去，想跟宁宁处对象。宁宁明确拒绝，说他俩年龄差得太多，而且男人根本不是她喜欢的类型。

12 月 6 日这天晚上，男人又去纠缠宁宁，再次被拒绝。心里郁闷的他，找了一个酒友喝酒，几杯白酒下肚，两个男人就开始讨论男女那点儿事，话题猥琐，不堪入耳。聊着聊着，房东就说看上了在自己家租房的那个小丫头了，但她太矜持了，搞不到手。酒友开始给他出馊主意："生米煮成熟饭，懂吗？那小丫头才 20 岁，睡了，再哄哄，给买点好东西，小女孩情绪来得快，去得也快，你俩就能顺理成章处对象了，多简单。"

两人喝完酒已经夜里 11 点了，回家路上，这男人借着点儿酒劲边走边想：不就是因为我没钱、没本事，前妻才跟我离婚、抛弃我的吗？没想到这个小丫头也看不起我！什么我岁数大，不都说小丫头喜欢大叔吗？其实她们喜欢的都是那些有钱的大叔！男人越想越气，改变了路线，折向宁宁的出租屋。

出租屋内，除了宁宁自己房间的门，外面还有一个共用的大门，自从外屋那家人把钥匙弄丢以后，嫌费劲儿就不再锁大门。租房子的时候，宁宁还问过房东是否有自己里屋的备用钥匙，他撒了谎。

当男人轻手轻脚地打开宁宁屋的门锁时，看到宁宁正躺在床上睡觉，他被原始冲动占据了大脑，朝宁宁压了过去。宁宁被弄醒，当时就吓傻了，大喊救命，可惜那天外屋那家人没在。男人怕宁宁大喊会招来人，就松开了手，开始跟宁宁“商量”说，他从离婚到现在好久没碰过女人了，外面的女人他嫌脏，不想找，怕得病，还说舒服完了他就走，如果宁宁介意，他可以给宁宁钱。

太恶心了，我已经想不出用什么词骂他了。

听完男人这番话，宁宁哭喊得更厉害了，接着就开始骂他：“你真不要脸！处对象不行，就来强的，强的不行了，就开始商量了。”宁宁说，她就不同意，明天就退房子，还威胁说要写一张揭露房东丑恶行径的纸条贴窗户上，让他的房子租不出去。男人气得不行，但还是强压着火气哄宁宁，宁宁看他那怂样就乐了，说："咋的，生气了啊，生气你就杀了我啊，瞅你那怂样！"男人的火气一下子被拱了起来，他掐住宁宁脖子，想跟她发生关系，可能是紧张和害怕，没成功。他也越来越害怕宁宁会把他今天做的事说出去，就用枕头捂住了宁宁的头……

宁宁不动了。这个时候，他酒醒了，开始慌张地疯狂摇着宁宁说："你别吓我啊，我是喜欢你的，你醒醒啊。"见一番操作没用，他就把宁宁拖到院里，打算埋起来，但又嫌挖土费劲，就决定分尸。

他去隔壁院偷来一把手锯，开始分割尸体。可能是手锯太钝，身体躯干切起来很费劲，就开始切手切脚，但他不会切，就有了开头宁宁的遗体被损毁得乱七八糟的那一幕。等都切得差不多了，他把宁宁的手脚藏在了院里的破水缸里。警察问他为什么要切宁宁的脑袋？他说："听别人说，人死的时候瞳孔等于一台小型摄像机，会录下看见的一切。"他怕暴露。还说，因为看见宁宁的脑袋单独在一边害怕，就打算弄个大行李箱把脑袋和身体一起带走。于是就把身体拖回了屋，然后抱着脑袋去买行李箱了。

抱着脑袋去买行李箱？他肯定是疯了，也许是编出来的。后来，他又说自己顺手把脑袋扔了，但扔哪里了死活不说。可能是自知死罪难逃，他还跟刑警说："你们那么厉害，你们自己找啊。"刑警气得差点打他，我也想打他。

大半夜没有卖行李箱的，这男人就打算回去把身体处理了，结果赶上外屋那家人回来了。当时，外屋那家人到家之后，发现宁宁那屋门没锁严，怕一个小姑娘出事，就进去看了一眼，就看见了他们这辈子都难以忘记的恐怖一幕。外屋这家女主人镇定了好一会儿，才磕磕巴巴地报了警。

房东看见屋里有人影，就猜到事情暴露了，一口气跑到附近的村子里，找了一个没人住的破房子，一住就是几个月。后来这男人选择了自首，不是因为良心发现，而是荒野生存失败了，实在挨不住饿，进监狱里还能有口饭吃。

"脑袋还没找到，案子不算破。"宁宁妈妈跟我说完，眼睛通红。自从宁宁出事以来，宁宁妈妈承受了太多，头发都白了。

宁宁的学习成绩不算好，19 岁就出来在饭店打工，妈妈尊重她的选择，但心里总觉得对不起她，没给她一个完整的家。宁宁妈妈是卖保险的，一个女人带着孩子挣钱有限，但她一直努力给女儿最好的生活。为了挣钱养女儿，她也没怎么好好陪宁宁，总觉得亏欠女儿。

她说："宁宁是那种特别阳光的女孩子，爱笑、温柔、开朗，能说会道的。平常在家就喜欢养一些花花草草，觉得有生机，没事儿喜欢看漫威的电影。上班后，宁宁几乎每天晚上都会跟我打个报平安的电话，讲讲今天遇见了什么人，发生了什么事。"

出事前的一个礼拜，宁宁还害羞地跟妈妈说，她看上了饭店的厨师长，对方 24 岁，长得白净帅气大高个，她想去表白。当时妈妈给她出主意说："小姑娘要矜持，如果厨师长主动追求的话，那可以考虑处处看。"宁宁出事的那天半夜，她妈妈都睡下了，突然心咯噔一下，上不来气就醒了，结果不久就接到宁宁出事的电话了。

宁宁住在我们殡仪馆小冰柜里那段日子，她妈妈经常来看她，我甚至心里还偷偷羡慕过宁宁，有这么好的一个妈妈。

距离宁宁被害当天一个半月的时候，那天是大年三十，我值夜班，宁宁妈妈拿了两份饺子过来，是她女儿最喜欢的酸菜猪肉馅，还给我带了一份。我问她："要不要看看宁宁？"她说："不了，我接受不了，就这么待一会儿，给宁宁送点饺子，跟她说说话。”

宁宁妈妈站在冰柜前，把饺子打开，说：“今天是大年三十，你不在家，我自己没意思，本来想你和你爸都不在了，扔下我，我也自杀去陪你得了。但一想到你的头还没给找回来，我没脸去见你啊，是我没照顾好你，对不起你。”说完又看看自己拿来的饺子，自言自语道：“都没脑袋，也没办法吃啊！”说着她就跪在了地上。我在一边也跟着哭，这是我在殡仪馆过得最难过的一个新年。

我把她扶起来，说：“地上凉，宁宁看您这样会心疼的，快起来。大过年的，咱听话，不哭了，跟宁宁一起过年。”接着，她陪我值班，还说：“两盒饺子你都吃了吧，替宁宁吃。”为了哄她高兴，我狼吞虎咽地吃完了所有的饺子。

后来，我们下午没事的时候，宁宁妈妈就来看她女儿，每个节日都会带两份吃的来。可能是因为宁宁的事一直由我负责，也可能是因为我跟宁宁只差一岁，宁宁妈妈看我有亲切感，有心里安慰吧，每回带吃的都有我一份。

那段日子，不干活的时候我就会去看宁宁，跟她说：“这里挺冷的是吧，咱再等等，脑袋回来了，你就可以搬家了。”等宁宁脑袋回来的那段时间，我一直住在殡仪馆宿舍，那时，我已经不太做噩梦了，不过还在练习如何与遗体相处。

宁宁出事前那年的大年三十，我一个人在殡仪馆值班，师父给我包了饺子，我准备煮了吃。我正研究饺子怎么煮呢，突然听到外面传来“咣咣咣”的敲门声，把我吓得嗷嗷直叫。开门一看，原来殡仪馆接收了一具老人遗体，逝者家属以为他能熬过大年夜，没想到这边外头放鞭炮，那边老头“升天”了。

大过年的，好多丧葬用品买不到，家属着急。我说：“殡仪馆有花，但没人扎花圈了。”这阖家团圆的日子我们也偷懒，谁不希望来年有个好彩头？哪能在大年三十扎花圈？我看了看老头，说：“你今天没福啊，这个点正包饺子呢，你要不吃点？”我夹了三个饺子，放到他旁边的盘子里，给他鞠了一躬。家属看着我的举动都惊呆了。

然后，我就开始认真干活了。入殓完，家属握着我手感激得哭了，我说：“快擦一擦，这都是分内的事。”大过年的，来这事儿我都已经习惯了。但在殡仪馆里，我也遇到过一件既惊悚又欢乐的事。

2014 年 9 月末的一个晚上，殡仪馆来了一个在医院抢救了 3 天都没抢救过来的老爷子。一拿到他的死亡证明，我就开始工作了。当时，我刚把他衣服解开，老爷子就抓住了我的手说："给我把衣服穿上，我冷。"我瞬间就被吓傻了，你动可以，怎么还张嘴说话呢！我还没反应过来呢，老爷子就已经要从冰棺里爬出来了，我说："诶，回去，你抓我手，我忍了，你张嘴说话，我也忍了，这怎么还更过分了，还要出来，当我不存在呢，太不尊重我了吧？"

我虽然这么说，但还是被他的一顿操作吓傻了，远远地站着不敢动。接着老爷子就回我一句："滚蛋，我没死！"原来他睡觉时休克了，儿子把他送到医院没抢救过来，放我们冰棺里却被"冻活"了。然后，他就开始骂儿子竟然这么急着"孝顺"他，把我们给逗得直乐。虽然真有"诈尸"这事儿，但那也只不过是遗体的一种神经性反应。

关于特殊遗体，我在工作中还接触过一位"性工作者"的。遗体上有梅毒，就是起了那种包，即便消毒处理后，也觉得这东西会传染。遗体刚被送来时，并没有分配给我，而是分配给了别人，但他们都不愿意接，就到了我这儿。其实，做好防护，传染都是小概率的事情。处理身上的包时，我戴着手套，用小手术刀，想清理得再干净一点。

对待遗体，我似乎有强迫症，接过来的活，我都会重做一遍。其他同事觉得我有病，说我什么样的遗体都敢处理。我觉得没有什么，不管他生前是什么样的人，做什么行业，杀人犯也好，“性工作者”也好，到我这儿来统一对待，我都会让他们体体面面地走。认真对待逝者，是我的工作准则。

案发整整一年后，2017 年 12 月 20 日，宁宁的脑袋终于被找回来了。原来那男人当晚在逃跑的过程中，在垃圾箱里捡了个破包，把宁宁的脑袋藏进破包里了。他本来想打车找个有水的地方把脑袋扔了，但又怕被发现，就挑小路走，哪儿没监控哪儿黑往哪儿走。走了不知道多久，他发现了一个小村庄，村子里大部分房子都拆了，但还有几处没人住，就把宁宁的脑袋藏到了一个破屋的炕洞里了，他还在那个破屋里住了 4 个月。

之前，这男人一直拒不交代，直到有一天晚上他突然疯了，跪在地上止不住地磕头，说什么“求求你原谅我吧，我错了，别跟着我了”之类的话。看守所的警察看他不对劲儿，就把他提出来审问。他坐在那依然疯疯癫癫地，一直说“脑袋藏在炕洞里了，我把脑袋还给你，你别再缠着我了”。警察看他这样，请来了精神病医院的医生，给他打了一针镇静剂。

清醒了一会儿，他又说：“我看见宁宁了，宁宁跟着我呢……她的脑袋在离市区不远一个拆迁农户的炕洞里……进村走 300 米左右的第一家就是……”然后又开始乱叫了。我觉得他不是疯了，而是心魔坍塌了。

警察立即出发，把炕砸了后露出了一个骷髅头。随后，法医到殡仪馆比对上了宁宁的 DNA，确认这正是宁宁丢失了一年的脑袋。

宁宁妈妈接到警察通知后，过来一看，瞬间就哭了，说：“找是找到了，可这怎么火化啊？”我跟她说：“看看能不能跟火化师父商量商量，先火化头部，再火化身体，然后一起装到骨灰盒里。”宁宁妈妈听完直接给我跪下了，说：“求求你了，我不想把女儿的脑袋跟身体分开火化，不想以后梦见宁宁身上没头抱着头去看我，我接受不了，求求你想想办法。”

看着宁宁的头跟身体，我犯了难，如果宁宁出事没几天，头就找回来，那会儿皮肉还在，还好缝。现在就剩个骷髅架子，该有的血肉、皮肤都没有了，而且切口还那么完整，怎么缝呢？我去找许老大商量对策，她也说不好处理，我又去找馆长，馆长也犯难。

但是，看着宁宁妈妈这一年多里，时时刻刻承受的那种精神折磨，我们决定想尽一切办法，尽最大努力把宁宁的脑袋和身子缝合上，了却宁宁妈妈一个心愿，也希望宁宁在天之灵不再承受身首分离之苦。

接下来的一周，我们请来了别的殡仪馆里最好的遗体美容师，还有我和许老大，组成四人小组，一起开会讨论，一人一个点子，看看怎么把头修复好和身体缝上。经过讨论，我们决定用硅胶皮做脸皮，再买一个假发做头发。可脸皮下的肉怎么解决呢？又经过几番议论，最后决定用一种可塑度特别高、接近肤色的黏土来做血肉。然后，我跟宁宁妈妈要了一张宁宁生前的照片，用来做五官重塑和化妆的参考。

一周后，2017 年 12 月 28 日早上 6 点，我们四人组开始了工作，分两个操作台开始缝合。先把宁宁的遗体尽快解冻，同时还要争分夺秒地把头做出来。裁剪硅胶、捏泥填充，一共用了 3 个多小时，脑袋才完成。缝合脸皮的时候，手不能碰到泥，因为一摁一个坑，简直无从下手，这可愁坏了我和师父，大家一时间都有点烦躁。最后，还是师父想到了办法，别的殡仪馆有那种硬的硅胶，虽然手感涩点，但可以用来做脑后和脑袋上的皮。脸皮再用那种最柔软的硅胶，方便上妆。

两个半小时之后，已经中午了。我看了看宁宁的遗体，还好，还没开始腐烂。我在心里念叨：宁宁你再坚持坚持，一会脑袋就能跟身体复合了。

我和许老大花了半个多小时把头发缝好了，然后就把宁宁这个头小心翼翼地拿到了操作台上，由师父给宁宁缝合脸皮，针脚埋在头发里面，看不出来痕迹。不知道宁宁会不会喜欢这个头。之后，我对着宁宁的照片，开始给她画脸，还把她的长头发给剪成了短头发，这样能让她显得干净立正些。

到了下午 4 点多，就在我们准备把宁宁抬入冰棺时，忽然发现脖子还没做，但也只能用木棍在里面撑着黏土固定住脑袋了。做完之后，宁宁妈妈来看女儿时，我很抱歉地跟她说："我们会的有限，尽力修复了，希望你能接受。"宁宁妈妈一边哭，一边说："已经很好了，谢谢你们为宁宁做的一切，我替宁宁谢谢你们，这回就完整了。"

之前，宁宁的遗体在这里存放得太久，所以修复完第二天就决定火化。按理说，火化时不可以有这些乱七八糟的材料，但我还是尽力帮宁宁争取，破例带着这些修复遗体的材料。火化完后，火化炉不好清理，有些钢刀之类的必须单独弄出来，真是难为了火化师父。

我的同事宋哥还问问我：“你们图啥啊，花了10多个小时做的，累成那样，最后24小时都没到就被烧成灰了。”啥也不图，哪怕做完就放五分钟，我也觉得值，因为这是满足宁宁妈妈执念的唯一办法，更是宁宁应得的体面与尊严。只要他们母女二人安心，我就觉得是值得的。

我的职业是入殓师，我希望每一个家属见到逝者的最后一面是不留遗憾的，关于他们的最后记忆是美好的。

逃离被支配的人生

16岁那年，我在技校学给活人化妆时总是心不在焉，满脑子惦记的都是怎么给死人化妆，想去殡仪馆工作。我有这种想法，得从那年元旦说起。

当时，同龄人中只有我不读书，不学手艺，也不上班，快把家里人急死了，但我自己不急。元旦那天，我在公交站等车，被站牌后面一则招聘广告吸引了，上面写着：我市殡仪馆急需插花师两名，具体条件可以面谈。还有一串联系电话，我把电话记了下来，心想：鼓捣花这工作挺好啊！

坐上公交车，我开始幻想在殡仪馆工作会是什么样，结果越想越害怕，不禁打了一个寒战。但又一想，这也许是我离开家的一个机会。

我从出生开始，读什么大学，做什么工作，甚至应该嫁给什么样的人，家里都规划好了。但我不想按部就班地过被安排好的人生，我想自己决定。

10岁那年父母离婚后，我就被同龄人疏远。学校里的同学欺负我，他们朝我丢小石子，说我是没有父母要的野孩子。有的同学甚至说：“嘿！问你个事，你妈是不是跟别人跑了，你是不是天天捡垃圾吃啊？”我没说话。

那段日子里，我很自卑，讨厌去学校。家里人不理解我，只认为我不听话，每天要么连哄带骗，要么就吓唬我、骂我，用各种手段逼我去学校。

那张小小的招聘广告为我的逃离找了一个理由，让我想证明给家里人看，我不是非得按部就班才能成为他们嘴里所谓有出息的人。

当天晚上，我和家里人说：“我想去殡仪馆，谈妥了我就去上班。”他们瞬间怔住，没想到我能说出这么离谱的话。当时，家里人一直劝我当幼师，但我说：“我就看中殡仪馆了，将来还有退休金，一下子解决了一辈子的问题。”为了证明能去殡仪馆上班，我当着家里人的面，打过去好几个电话，但都没人接，顿时心里凉了半截。家里人也奚落我：“招聘广告早就过期了，你以为谁都能去呢？”

难道我跟殡仪馆无缘了？不，我绝不投降！我采取了迂回战术，跟他们商量："能不能先让我去专门的殡葬学校学习？"他们看我还不死心，但觉得上学终究是好事，于是把我送到了一家技校学彩妆。我学着学着感觉不太对劲儿——死人不都躺着吗，这是坐着的啊！

回到家，我又开始念叨去殡葬学校。家里人忍无可忍，直接跟我说："没有小丫头学殡葬的，你老实学个彩妆，毕业了去影楼跟妆也不少挣钱。"我很生气，但反抗不了。

我在技校学习的几个月里，脑子里总惦记去殡仪馆这件事。我再次改变策略，天天没话找话提这事，最后家里人妥协了，答应给我想办法：带我去殡仪馆找许师傅——这个人就是后来的许老大。就这样，我第一次去了让我产生无数幻想的殡仪馆。

许老大是个女人。2013 年 4 月 16 日，在殡仪馆院子里，我第一次和她见面。

殡仪馆离市区不远，虽然不在山上但周围是一大片荒地。附近没有路灯，下午 4 点半左右就天黑了，这一片看着又荒凉又瘆人。传说这片荒地最早是乱坟岗，后来日本人把这片乱坟岗变成了一个实验单位。荒地的尽头有几家小型私人工厂，白天像倒闭了一样，晚上会闪着微弱的灯光。沿着荒地边的一条路，电瓶车骑到头就是殡仪馆。车灯往那个摇两下就能掉的院门上一照，光想想都头皮发麻。正对着院门的，是一座像市政府那样的大楼。

刚进院子，我就看到了一个长得凶巴巴的女人：一头乌黑的长发，头上戴着一次性蓝色塑料帽子，穿黑色毛衣、黑裤子，外面套一个白大褂。家里人迎上去跟她打招呼，嘀嘀咕咕地说着什么。这个女人远远地把我上下打量了个遍：长卷发，还染了耀眼的橙色，长得又小又白，阳光一照，远远看去就像个洋娃娃。

离很远，就听见她说："长得太瘦了，柔柔弱弱……太娇气，翻个尸体都翻不动。"我还没回过神儿呢，她向我走过来，问："为什么想做这个工作？"我想也没想，脱口就说："这工作牛啊！"她又看了我一眼，像看"傻子"似的，说："回家吧，好好学彩妆，毕业了跟妆比这个工作好受。"说完她转身回去了。

家里人看见是这样，跟我说："这回死心了吧！人呢，给你找了，但人家不要你，没缘分，你还是回家老实上学吧！”我当时也来了脾气，心里暗想：这女人瞧不起谁呢，我就认准你了，我偏要证明给你看！

第二天我又去找她。但她具体是干什么的，我却不知道；具体在哪个地方工作，我也不知道，只能在殡仪馆大厅里面瞎转悠碰运气。

转着转着，我发现大厅左边有个小屋，虽然关着门，但开了一扇小窗户。出于好奇，我去趴窗户看，给我吓一跳——这个女人正在给逝者穿鞋呢。我立马呆住，随后就默默回家了，好几天都没有再去殡仪馆。

那几天我有点纠结：学这个吧，现在还害怕；不学吧，错过以后恐怕再没有这样的机会了。思来想去，最后我决定先去“偷艺”。

我上午去技校上基础课（就是语文、数学那些），下午的体育课和实践课我就不学了。因为我发现下午殡仪馆没什么人，正好可以去找那个凶巴巴的女人。

到了殡仪馆，她看见我也不搭理我，我也就不搭理她。如果我想进屋，她就把门锁上；我趴窗户看，她就用身体挡着，后来她干脆拿块布把窗户整个都给遮住了。

连着去了四天后，第五天门卫大爷不让我进了，指着我一头黄发问："怎么天天来奔丧呢？"他还怀疑我想偷东西。我能偷什么？偷骨灰还是偷遗体？

我跟门卫大爷斗智斗勇了半个月，每次都是趁他不注意时溜进去。但有一天下午，我没能得逞，正在门口焦急地想办法时，来了一个男人跟门卫大爷说要找许师傅。我赶紧跟上，想随着男人混进去，张嘴便跟他打了声招呼："你好！"他愣了一下，也回了我一句："你好！"我刚想要问他"你找的许师傅是不是那个凶巴巴的女人"，就感觉后脑勺一疼，"这里不能说'你好'"。回头一看，果然就是那个凶巴巴的女人。

她唠叨出好多行规，比如：不能主动说"你好、再见"，不能主动跟别人讲自己的职业，不可以去红白喜事吃席，不能主动去别人家做客，不能染头，不能美甲，不能大笑又不能表情太麻木，还要学会安抚逝者家属的情绪，做好沟通……

我听着默默点头，问她："还有吗？"

她说："看你天天都来殡仪馆找我，应该是想学的，回家再好好想想能克服恐惧不，都想好了，再来找我。"

我回家躺在床上想来想去，没搞懂自己到底是在跟谁赌气——家里人还是那个凶巴巴的女人，就决定去殡仪馆上班了。我花了200元钱把头发染黑、拉直，这次门卫大爷没再拦我。

当这个凶巴巴的女人再看到我时，愣了一下，竟然没认出来。过了一会儿她又说："你能不能别化妆了，化那么妖艳给谁看呢，比躺在那儿的都吓人。"

我清楚地记得，2013年5月8日下午，我再来的时候，没化妆。这次她看我的眼神柔和多了，语气也没那么强硬。

5月的天气逐渐热了，殡仪馆也开始忙起来。许师傅需要入殓的遗体不少，我看她那么忙想出一份力，但又不知道能干什么，就琢磨帮忙把遗体的指甲剪了。

第一次触碰遗体，硬硬的、凉凉的。我心跳加速，怕剪不好弄疼了他们会不会突然坐起来喊一嗓子。但遗体没说话，许师傅却喊了一嗓子："你把手套戴上，不要直接触碰遗体！"

我以为不戴手套是不尊重逝者，后来才知道，遗体属于一个巨大的细菌培养容器，直接上手去触摸遗体，会感染细菌。我戴上手套，开始给遗体剪指甲。许师傅张嘴想说什么，又把嘴闭上了。

这是我第一次看到入殓师是怎么工作的。要先给逝者洗澡消毒，按摩僵硬的遗体——这样好穿衣服，还要敷面膜、化妆、梳头发甚至刮胡子；然后用胶水封住嘴巴；最后摆放好他们离世的姿势。看完之后，我说了一句：“以为这个工作就是化妆，没想到这么复杂。”“如果只是化妆，那衣服谁穿？总不能是逝者自己坐起来穿吧！”许师傅反问道。

随着了解的深入，我发现许师傅虽然第一眼看上去挺凶的，但是干活时特别严肃、安静——普通的遗体美容，她处理得非常干净；复杂的遗体，她也缝合得没有痕迹。闲时，她爱喝小酒，吹吹牛。我觉得和她的关系拉近了些。

2013 年 7 月 6 日，距离和许师傅第一次见面已经过去三个月了。下午我刚进院里，她就冲我摆手示意叫我过去。她问我：“这几个月，在这里待着感觉怎么样？”我没说话。她接着说：“看你还挺爱学的，看在你家里人的面子上，我破例收你为徒，以后我就是你师父。”许师傅还说，我第一次剪指甲那天她欲言又止，就是想收我做徒弟，但又怕收了我，我坚持不住，浪费她感情。

听她说完我愣了几秒，赶紧跪地上给她磕了几个头。

她把我带到办公室，跟馆长和主任介绍了我。这两人看看我，又看看她，问她："许老大，这孩子多大了？"她说："17岁。"馆长嫌弃我太小了，不想留我。许老大说："缺人手啊！她都跟我三个月了，我先带着，实在不是那块料儿，再让她回家。"听完许老大的话，馆长默许了。这天我才知道，她在这里的外号叫"许老大"。

在我生活的小城市里，绝大多数人尤其是老一辈的人都认为，殡葬是个晦气的行业，很少有人愿意干。所以，这行特别缺人。但只要你胆儿大，能坚持住，这工作就是你的，对学历没有太高的要求。

许老大给我登记了一张表，又给我发了一件白大褂，要求我上班里面穿黑衣服、黑鞋，外面再穿白大褂。她说："单位是早上8点上班，提供两顿饭，下午3点下班。夜班是下午5点到第二天早上8点，也是提供两顿饭。半夜12点巡逻一圈，没啥特殊情况可以在宿舍睡觉。"因为我什么也不会干，为了锻炼我，她对我提了要求："6点就到单位，打扫卫生，给工具消毒这些基础的活都你来干。干活之前，我先带你去后面山上爬山，跑步。"

交代完这些后，她嫌我名字不好听又拗口，就说："你是第四个徒弟，就叫许小四吧！"

有天中午吃完饭，我跑到院里偷懒时，看见一个女人进来。她身高 164 厘米左右，虽不算矮，但看上去瘦瘦小小的；眼睛不算大，人不算漂亮，但属于耐看那种。她穿着工作服，外面套着一件洗得有点发白的灰色外套，骑了一辆黑色掉漆的二八自行车，车筐里有一个紫色的布兜。她看起来，虽然跟我师父没差几岁，但已经有些许白发，显得比我师父老了许多。我盯着她看了好一阵，以为是逝者的家属或是过来吊唁的，但发现她径直走进了馆长和主任的办公室。

难道她也在这里工作？我搜索了一下脑海里的同事信息，没有答案。于是想，可能是我忙着纠缠师父教我手艺，没注意到她。但这个解释也不太合理。我跑去问师父，师父给了我答案——这个女人叫林姐，不是我没注意到她，而是我在单位的这几个月里，林姐的家里有事请了长假，回家处理事情去了。她可能是处理好了，才回来上班。

我正想向师父多问一些时，就见林姐从办公室里出来取了自行车准备要走。看到师父时，她走过来打招呼，她俩边走边聊，我老老实实地跟在她们屁股后面，顺便偷听她俩的对话。

师父问她："家里的事情都安排好了？"林姐没说话，只是点了点头。"有啥需要帮忙的尽管说，别客气。"她又点了点头，回头瞅向了我。我俩四目相对，眼神里都透露出了对彼此的好奇。林姐给我师父递了个眼神，问："这哪儿来的小孩啊？"

"殡仪馆门口捡的，跟个狗皮膏药似的黏粘着我，爹妈也不在身边，怪可怜的，我就收留了。"听到师父这么说，我怎么感觉自己被骂了，谁是狗皮膏药呢？林姐打趣道："也不知道是谁之前被人气得在办公室里骂人，还说死活不收徒弟了，刚说完几个月又没脸了，就不怕这个也把你气出个好歹？"师父没接林姐的话，而是让我跟林姐互相认识下。

她先介绍林姐，说："跟我们干一样的工作，但不在一个屋里，你就随着大家叫她林姐就行。"接着，又向林姐介绍我，说："这是我最听话的小徒弟，叫小四就行，有啥活都可以找她，既是学习也是锻炼。你要是喜欢，可以给她领你那屋去。"林姐摇摇头，说："不要，家里有事没空带，你自己带着吧！"说完就骑车走了。

看着林姐远去的背影，我总感觉她虽然没说什么话，但这个人肯定不简单。后来我才知道，林姐原名叫林曼，从师父那论我至少应该叫她林姨，但林姐是单位同事对她的尊称，我也就随着大家这么叫了。

刚开始跟许老大学习手艺，她没有一上来就教我，而是给我买了一些殡葬类的书籍——火化的、法医的都有。法医的那本看得我头皮发麻，我问许老大："真有书上那样的遗体吗？你见过没？"她没说话。

下午没事儿时，她带我去了殡仪馆后面的冷冻室，看暂时寄存在这里的无人认领的遗体。我又一次头皮发麻。许老大可能觉得不够刺激，哪儿有"事故现场"她就带我去哪儿，看那些惨烈的、肠子流一地的、脑袋摔碎的、卷到大货车底下没有人样的、眼珠子掉出来的、泡肿了长蛆的……看得我恶心反胃，吃着饭就开始呕吐。

许老大给我倒了一杯水漱口，说："做这个工作就必须强迫自己适应，你以后也会需要处理这些类似的'复杂遗体'——缺胳膊少腿的需要缝合，脑袋破碎的需要用金属丝固定，没了的地方要用东西填补起来，做个假胳膊、假腿也都是有可能的。"

我开始后悔了，想跑。许老大看出了我的心思，激我说："怂了吗？行就回家吧！"我说："谁不行了，你上来就整这么惨烈的谁能受得了，我也得适应适应吧！”她不说话了，冲我翻了个白眼。后来，我确实找到了让自己快速适应的歪招儿。

我们殡仪馆的那个院子，一边是食堂，食堂往后是又黑又臭的厕所，再后面有一个大焚烧炉，外面白里面黑，是焚烧家属给逝者预备的纸人、纸马、纸房子、纸钱之类的地方。另外一边，向后绕是我们的宿舍，就像东北农村的三间小平房，一间是我们上班消毒、换衣服的工作间，一间是我们遗体美容师放工具的房间，剩下一间是宿舍，进门有两张床，透过窗户还能看见对面存放骨灰的小屋。

殡仪馆简陋得不成样，没有专门的值班室，厕所也在院子里，半夜出去上厕所没有灯，天气又冷，不敢去。我那时候都想过，不行就买成人纸尿裤穿上。后来一想还是去吧，我给自己壮胆——鬼应该也不爱上厕所。

最初值班时，我不让自己睡觉，尽量坐着，能坐多久就坐多久，怕睡着了做噩梦。在前一年半的学徒时间里，几乎每一天，我都梦到各种遗体。一开始是胳膊、腿来抓我，后来是遗体对我说“你把我的衣服扣错了”，或者“我的眉毛你没给画好”。我会被吓醒，心脏怦怦，被噩梦折磨得都不行了，分不清到底是梦还是脑子里的幻想。一吓醒我就念叨："都是假的！都是假的！"

忘记了是从哪一天开始，我突发奇想：反正怎么都是做噩梦，那好，从今天开始我跟你们（遗体）一块儿睡，这是最快适应遗体的办法。但逝者家属不同意我睡在停尸房，我告诉他们，我在这里值班是怕有人偷遗体，他们就不再说什么了。进去之后，我躺在桌子上，垫着书，背对着我隔壁床的遗体。半夜，凉飕飕的，我转身拿起遗体上盖的白布，说："借我盖一下。"

我的做法被许老大知道后，她要求我回屋睡觉，还说："咱们单位里你是唯一一个敢这么做的人，我都不敢！"

刚开始睡停尸房时，我不敢看，也睡不着，怕他们突然起来，像电影里的僵尸那样，"咔嚓"朝我脖子咬一口。当然了，这都是我的幻想，怎么可能会发生这种事。就这样过了好几个晚上，我每晚能睡上两三个小时。

梦里的胳膊、腿不那么恐怖了，他们有时还在我脑子里开起聚会——打麻将，喝茶。再后来梦见大家成为朋友，有时候还跟我说"谢谢"。也许，是我慢慢强迫自己习惯了。跟遗体睡了一个星期后，我开始放飞自我，早上醒来睡姿四仰八叉的，很少再做噩梦。也不是彻底不做，回家住我反而会做噩梦，可能我们家风水不好吧！

我还创造了另一种方式——跟遗体唠嗑。据说人死的时候最后失去的是听觉，民间也有说法：这时他要是听到你的话，如果有什么未了的心愿，就会缠着你，让你帮着解决。

有一晚师父外出，我独自走进停尸房，正好有好多遗体，我脱口而出："大家好！"心里立马又想不能这么说，接着刚才的话就圆了一句："今天晚上我们就在一起了，我不调皮捣蛋，你们也不要吓我。"

我走过去摸摸这个，摸摸那个，挨个把他们摸了一遍，边摸边跟他们说"你头发真好""你小手不错"，正说着呢，猛地听到一声"谢谢夸奖"，当时吓得我魂飞魄散。我循声一看，师父正在门外看着我。原来她说有事外出，就是故意让我练胆儿的。

跟在许老大身边的这小半年，她开始正式教我入殓。她告诉我：一般情况下，遗体拉到殡仪馆后，会有同事先用小平车运送到工作间，之后把遗体抬下来放到遗体美容床上。床一般是白钢做的，上面有花洒，可以冲洗遗体。先脱衣服，但隐私部位需要挡上。脱好之后就是洗头、洗澡了，水量要控制好，水太大了，遗体的皮肤会被冲破，水太小了洗不干净。

第一课是洗头发。许老大先洗一遍示范给我看，然后就让我操作。但我把花洒拿反了，滋了许老大一身水，她也没生气，拧了拧衣服让我继续。头发洗好之后，许老大拿个大夹子，夹着碘伏球给遗体消毒，接着是冲洗遗体，都冲洗好了之后，再给遗体按摩。

为了缓解尸僵，需重点按摩一些关节和穴位，让遗体达到一个放松的状态。与按摩同步进行的是给遗体敷面膜。这个面膜可不是补水美白的，而是为了更好地上妆。头发和身体都洗好、按摩好后，再剪指甲，接着是穿寿衣、袜子、鞋，穿好以后就可以在脸上上妆了。上妆之前，会先给男士刮胡子。接着根据遗体的情况，用调色盘调出最适合、最自然的皮肤颜色和口红颜色，再把粉均匀地打在脸上。

接着是抽干遗体中的血液和空气，做好防腐。同步必须要做的还有用胶水封住遗体的嘴巴，因为人离世后，嘴里有一口气，为了防止火化的时候有气体排出，发出怪异声音。最后用小平车把遗体推出去，放到冰棺或棺材里摆正离世姿势，这一套基础的入殓就算完成了。

这些只是我们入殓师的工作，除了我们，殡仪馆还有火化师、灵车司机、插花师、执宾。

司仪和执宾的区别：司仪是主持葬礼的，执宾是给我们安排工作的。家属方的一套白事流程都有执宾跟着，该什么时候送灵、摔盆、起灵、下葬都由执宾指挥。执宾哪儿都去，一般家里有丧事了，大多数找到殡仪馆的第一个人就是执宾。

殡葬一条龙里最早还包括遗体美容，后来取消了。现在的殡葬一条龙是执宾、火化、花圈、风水、寿衣、棺材。

来到殡仪馆半年后，我从记笔记、看书、给遗体做登记、看许老大干活、收拾卫生，到现在又多了一个活——给遗体洗头发。但没有持续太久，很快我接手了职业生涯中的第一个客人——我的姥爷。

突如其来的告别

2013年10月28日，我正式成为许老大的徒弟已经三个半月，今天是我的生日，但一大早我就心烦意乱，不是坐着抖腿，就是用手敲椅子。许老大瞪我一眼，说："今天过生日，但别想回家，老实在这儿待着，下班了我去买一个小蛋糕给你吃，就算过生日了。"

在殡仪馆过生日？想想都刺激。但是那天的蛋糕没吃到，生日也没过成，而且从此以后，我再也不过生日了。

中午，我妈给我打电话，说我姥爷去世了。我挺不高兴，没好气地跟她说："什么话都能胡说吗，要是想见我可以直接说，怎么能编这种谎话来骗我呢？"我姥爷那时候不过60多岁，身体一直挺好，怎么可能突然去世？肯定是假的。我妈着急了："你还有没有良心，你姥爷从小对你那么好，给你零花钱，现在去世了你就这个态度？"

我懒得理她，也懒得跟她吵嘴，把电话挂断了。

父母离婚后，我妈在我生活里一直是缺失的，我虽不恨她，但和她也不亲，有什么事都不告诉她。她刚离开时，我也想她。之后她嫁人了，去了内蒙古开饭店。我也跟着她去了，但在那儿待了两周，她就把我送回了奶奶家。她跟奶奶说，我和饭店里大我 15 岁的男厨师搞对象。我惊呆了！很久以后，我才想明白，她就是为了甩掉我，不让我待在她那儿才这么说的。

有空的时候，我会去看姥爷。我妈那边的亲戚最疼我的就是姥爷。姥爷会给我零花钱，会带我去看花灯、买糖葫芦、买新衣服。他手巧，我小的时候，他经常亲手做玩具哄我，抱着我在他的果园摘苹果，给我炖鸡吃。

我想不通也不愿意相信，姥爷怎么会去世？我一厢情愿地认为，这是我妈为了见我说的又一句谎话罢了。

过了一会儿，我妈又打了几个电话过来，我都没有接。看着屏幕上那串号码，我挂断并拉黑了她。如果我再次接通这个电话，她不知又要骂我多长时间，索性不理她了。挂断电话后，我把手机放到兜里去了食堂。可那天的午饭一点儿都不香，我坐在那里依旧闹心。我们这个工作，上班时不让玩手机，我自己也怕吵，手机多数时候是静音状态，只有吃饭时才会拿出来看看。

当我又把手机掏出来看时，上面有小姨打过来的好几个未接电话，我马上意识到，我不想相信的事可能真的发生了。我赶紧给小姨回拨过去，原来姥爷真的去世了。

我没法跟小姨解释我这边的情况，就假装淡定地说："殡仪馆位置说一下，我抽空回去看看。"说完我都觉得自己挺混蛋的，对我那么好的姥爷去世了，我应该马上去，什么叫抽空去看看？

我跟小姨刚结束通话，许老大就接了一个电话：一个镇上的殡仪馆需要一位殡葬师给两位老人去做入殓。

我们这座城市，除了我工作的这个殡仪馆，还有许多大大小小的殡仪馆，但全市的入殓师就那么几个。镇上或者县里如果有人去世，都是家里人给逝者穿好衣服送到附近的殡仪馆，或者直接在家里停灵，再送到我们那里，由我们把遗体的血液抽干，做好防腐，最后火化。所以我跟师父就是一块砖，哪里需要哪里搬，需要到处跑。

许老大要去的殡仪馆和姥爷停灵的殡仪馆是同一个。到达后，我发现这里很小，院里正对着的平房里就是吊唁大厅，左边是食堂，再左边是厕所，右边是一个存放骨灰的屋子，就再没其他地方了。

环视一圈，跟许老大进了屋。我一眼就看见姥爷躺在那里。一瞬间，我的眼中蓄满了泪水。

我记得有一年夏天，我爸突然告诉我，以后少去姥爷家。我不知道发生了什么事，也没有问。我不去，姥爷就骑着自行车来看我。他的自行车筐好像哆啦A梦的百宝袋，每次他来，里面不是饼干、糖果、薯片、冰棍，就是好看的发夹和衣服。

后来，我在家里乱翻，突然一张大白纸落在我脸上。我拿下来一看，上面是我父母的离婚协议。我傻眼了，突然明白父亲的那句话——他们离婚了，所以不让我去找姥爷了。

当时，姥爷正好带苹果来看我。他不认识字，看我拿着纸，以为是我的考试卷子。姥爷擦了擦手，问我考了多少分，考得好他奖励我一百元钱。我扯着嗓子对他吼："别装好人了，他们离婚了，说好的不会离婚，为什么还是离了？你是不是知道他们离婚了，怕我不去了，所以天天来哄我开心，都是大骗子！"我开始哭个不停。

姥爷摸着我的头说，他不是故意骗我的，以后我想去姥爷家随时都可以去，不要有顾虑，他也会经常来看我，我想要什么，他都会满足我。

14 岁那年，姥爷给我的零花钱涨到了五十元。但我不舍得花，想存起来给他买点什么。我一直也不知道买些什么，姥爷好像什么也不缺。没想到这笔钱到他去世也没花出去。

眼泪配合着回忆在眼圈里含着。我转念一想，我是来工作的，不能哭，不能给许老大丢人，又把眼泪硬生生给憋了回去。

许老大去跟这家殡仪馆的负责人和执宾沟通后，就去负责入殓另一位老爷子，而我负责入殓我的姥爷。因为姥爷是我的亲属，许老大觉得就算我做得不好，亲人们也不会说什么，算是为我争取了一个锻炼的机会。

进屋后，小姨和我妈在那里坐着，看得出来她们俩很伤心，眼睛也哭红了。我冲姥爷鞠了一躬，打开箱子，戴好帽子、手套，准备开始工作。我妈看见是我，拽着我衣领问："这是干吗，你现在在做这个工作？"在她炮轰般的质问下，我终于不耐烦，冲她吼："能不能别吵了，让我跟姥爷安静地待会儿不行吗？"

小姨看我生气了，也可能是怕我妈会动手打我，把我妈拽走了。这间小小的屋子里，终于只剩我和姥爷两个人，我一直想哭又一直努力忍着。

我又一次给姥爷九十度鞠躬，开始跟他说话：“姥爷，一直都是你在为我付出，我还没孝顺你呢！”现在唯一能孝顺他的方式就是为他入殓。我终于泣不成声。

这是我第一次入殓。我去抚摸姥爷的手，一切是那么不真实，可冰冷的姥爷又是那么真实。他青灰色的脸，冷冰冰的。我松开姥爷，有点懵，突然忘了第一步该做什么。冷静了一会儿，我拿出单子，盖在姥爷身上，开始了我的工作。

我给姥爷脱衣服，怕自己哭就开始跟姥爷说话。我说：“姥爷我刚学会洗头，我洗得可好了，你是我的第一个客人，你体验体验，看看舒不舒服。”洗完头接着给姥爷洗澡，同时给他敷了一张面膜。我说：“这是我们单位热销产品，你忙碌了一辈子，这回终于有时间好好享受了。”我自言自语，姥爷回答不了我，我更想哭了。

洗完澡，我又停下来了，不知道下一步该干什么。我看了看姥爷，他的胡子特别长，我拿出剃刀开始给他刮胡子。我的手一直在抖，怕刮得不好，碰坏了他的遗体。我是提着一口气，才给姥爷刮完了胡子，又剪好了手指甲和脚指甲。

接着我拿出粉饼，给姥爷化妆。第一次化妆粉扑多了，把自己呛到了。我确实技术不好，但是姥爷在我的修饰下，比我刚才看见时要好太多。我用胶水粘住姥爷的嘴，涂了一个淡淡的口红，梳了梳头发。

按程序给姥爷穿完衣服——上衣、裤子、袜子、鞋子，我最后一次抱了抱姥爷，给姥爷鞠躬，对姥爷说一路走好。然后和其他工作人员一起把姥爷放进冰棺里，摆放好离世姿势。

因为姥姥是基督教信徒，姥爷的葬礼上并没有哀乐，录音机里播放的是圣经。姥爷躺在那里，我又多看了他几眼。这是我们最后的见面了。

给姥爷入殓完后，我妈又一次质问我怎么回事，还说她不同意我做这个工作。一直在我身后的许老大又一次展现了她的脾气，回怼我妈妈："我都已经开始教她了，你说不同意就不同意啊，玩谁呢？从小都不咋管，现在大了开始管了，不觉得晚了吗？"说完就让我收拾东西，准备带我回单位。小姨问我："明天还来吗？"我没说话。

第二天，因为上午要学习，许老大下午才放我去看姥爷。

第三天，姥爷要在我们火葬场进行火化，我就在单位等着他。火化后，姥爷的骨灰被放到了骨灰盒里。这是我第一次看见自己的亲人变成一堆灰，住在那个小小的盒里。

我认定自己对姥爷有亏欠，而且永远弥补不了。

从那天开始，我不再过生日了。

姥爷去世以后，我拿出我的小铁盒——这是姥爷给我买的月饼盒，月饼吃完了，姥爷给的零花钱被我存在这里。现在，我把它们兑换成了烧纸、衣服和其他的丧葬用品，还给了姥爷。我一边烧，一边流眼泪，不知道姥爷是否真的能收到。

我的心也空了，沉浸在悲伤里。我心里一边难受，一边打退堂鼓：要不就这么算了吧，不学遗体美容了，因为我真的很怕哪天再突然亲手送走一位亲人。

于是，学手艺的时候我开始心不在焉，师父喊我我总是听不见。师父看我这样就生气。她之前问过我，能不能接受这份工作，我跟她保证过我能，结果却说话不算数。她看喊我没反应，就给了我两个飞脚，让我滚去林姐那屋反省自己。我也没生气，只觉得这两脚是我该得的。

林姐的工作间就在旁边，我以为林姐没在屋里，就乖乖地去那屋反省了。推门进去，林姐正在打扫卫生呢。我和她不熟，也没话说，就在那儿杵着，瞪着两只大眼睛看着她。只见她把入殓工具都安排好位置，金属丝整整齐齐收进工具箱里，接着开始擦地，屋里的地被她擦得锃亮。

林姐看看我，冲我笑笑，等都收拾好、洗完手回来，她从一个紫色布兜里拿出一大袋奶牛饼干递给我，问："怎么了？惹许老大生气了吧！"

我没有伸手接她的饼干，只是点点头，把前因后果说了一遍。

林姐摸了摸我的头，语气温柔地说："没事，许老大脾气不好，就是嘴厉害，人不坏，一会儿她自己消气了，你跟她认个错，我再帮你说说情，这事儿就过去了。"她又说："虽然我回来工作有些日子了，没怎么接触你，但能看出来你是想好好学手艺的。想好好学，就得把状态调整好，我也听许老大说了你给姥爷入殓那天的表现，当时都表现得那么好了，怎么回来就退步了？"

我跟林姐说："我在殡仪馆快一年了，每天都看见有人离世，接触了各种方式离世的人，我虽然不知道他们生前经历了什么，但我心里除了难受、同情，只剩压抑，别的也不知道该怎么表达对死亡的看法了。"

林姐沉默了一会儿，对我说："有些东西没办法教你，随着年龄和阅历的增长，慢慢你都会懂的，你就当他们是累了，想好好地睡一觉。"我默默地听着，似懂非懂。

我还在琢磨林姐的话时，她把饼干塞进我手里，拉着我回到我和师父的工作间。我说什么也不进去，林姐问我："咋不进去呢？"我说："我怕师父没消气，进去了会挨揍。"

师父一看是林姐送我回来的，没再生气说我。林姐跟师父说："我已经教育过她了，她也跟我保证过了以后会好好学。你跟孩子生什么气啊，有话好好说。"不知道师父是不爱听，还是因为我让她脸上挂不住，开始往外面撵林姐，极其敷衍地说："知道了，知道了。"

这次和林姐的接触，她给我一种感觉：她和师父是两个性格截然相反的人。师父心大，脾气暴躁；林姐则心细，温柔。我很喜欢她，开始找借口总往她那屋跑。

但每次跑过去，都会被师父抓回来。师父一边拧我耳朵，一边教育我："不好好在屋里待着学手艺，去林姐那屋捣什么乱，林姐不好意思说，你自己不知道好赖吗？"她还放狠话说："你这么爱黏着林姐，我去跟林姐说说，让你去她那屋学习得了。"

我瞅瞅师父，开始抱着她撒娇，说：“不走，离开你，我还去哪儿找这么好的师父啊！”许老大掰开我手指头，推我脑瓜子，让我滚蛋。

就像林姐说的那样，自从我给姥爷入殓以后，许老大对我说话和教我学习的态度有了不少转变——用粉上妆，我做得不好，许老大就抓着我的手，一步一步给我讲解。平常晚上值夜班没事的时候，她就躺在遗体美容床上让我练手。这些都好学，我觉得难的是书本里的那些知识。

可是没过多久，我俩又爆发了更严厉的冲突。

起因是，有一次我在帮许老大干活的时候，忘记把遗体的嘴用胶水粘上了。许老大对着我就是一顿骂，我当时就不乐意了，对她翻了个白眼说：“我又不是故意的。”听完这话，许老大情绪彻底失控了，甩了我一个大嘴巴，说：“你要是这个学习态度就滚蛋！”

我也来脾气了，冲着她平常坐的椅子就是一脚，说：“滚就滚，我还不学了呢，动不动就骂，动不动就打。我在家都没人打我，跟你以后没事就打我，我也忍够了。”许老大被我气得不行。

我“哐当”摔门走了，走出殡仪馆院门又往市区方向走。当时是冬天，晚上我没有吃饭，肚里没有食物，越走越冷。我哭了，后悔了，摸着被她扇得火辣辣的脸，开始往回走。回到殡仪馆，我看许老大没在工作间，就去后面的宿舍找她。

路上遇到了林姐，她看见我就说：“回来了啊，去哄哄你师父吧，她打完你也后悔了，出去找你没找到，正在屋里喝闷酒呢！”我赶到宿舍，推门进去，看她正吃着小碟里的花生米，里面还有一个鸡蛋，“滋溜滋溜”地喝白酒。我走进去摸了一下酒杯，说：“师父，酒凉了，我给你热热吧！”

许老大瞅我一眼，冷漠地说了一句：“不滚了吗？”我说：“这不又滚回来了吗。”我抱着她，拿脑袋蹭她，说：“师父，我错了，不该顶嘴的，更不该对你那么说话，离了你，我就没有这么好的师父了。”许老大拿起鸡蛋，照打我的脸上滚了滚，说：“打疼了吧！”还问我恨不恨她。

我嬉皮笑脸地说了一句：“是挺疼的，但我不恨你，我知道你是为我好，是我自己不争气。”许老大说：“瞅你这个没心没肺的傻样儿吧！”我又问她：“听说你刚才找我去了？”许老大像个小孩似的，头一扭，说：“我才没找你呢，你走了才好，这样我就不用教你了，还省心了呢”。我“吧唧”亲了她一口，去食堂弄了一些热水给她热白酒。

大半年接触下来，我对师父其实不算了解。我只知道她姓许，40 岁，脾气不好，爱喝小酒，会抽烟但抽得不多，不咋爱搭理人，其他都是空白。

我并不知道，后来我们会成为彼此最亲的人。

我师父是许老大

新的一年来临，这一年的殡葬师初级职业上岗证明考试也开始了。我报考了好几次，但都没及格。一是因为我缺乏专业知识，二是因为复杂的遗体美容我还没有开始学，以至于考试的很多内容都触及了我的知识盲区。

几次考试失败，我学习起来更努力了。白天磨着许老大躺在遗体美容床上给我练手，晚上熬夜看书。许老大心疼我，给我买了一箱牛奶，还半夜去食堂偷鸡蛋、偷肉给我补身体，又给我买了一罐核桃补脑。最后，我的上岗职业证明终于考下来了。我却一点儿也开心不起来，感觉被骗了——人家的证书都是本的，为什么我的就一张像介绍信的纸？但是后来想想，这张纸也证明了我的努力没有白费。

许老大为了让我更快地掌握基础入殓技术，经常脱光衣服躺在遗体美容床上让我练手。有一次，我一边给她冲澡，她一边随时告诉我水流力度是大了还是小了。我说：“师父啊，你不能都体验完了再点评吗？总这么说话我习惯了，以后他们不说话我心里咋想？”许老大觉得有道理，就不说话了，等整个流程操作完，再告诉差在哪里。

我掌握了基础入殓技术后，许老大就放手让我单独给陌生遗体做全套入殓服务了。于是，我遇到了职业生涯里的第二位客人。

虽然是我的第二位客人，但我对他和对姥爷不一样，没办法像给姥爷入殓的时候那么放松、专注。

那天，送来的逝者特别多，师父和林姐都各自有入殓工作。她们忙完站在门口聊天，就看见我背着工具箱，撅着屁股走进工作间。

我给逝者鞠完躬，准备开始做入殓。我捏着兰花指，小心翼翼地拽着逝者衣服把他胳膊提起来，大气都不敢出。许老大透过窗户看见，差点儿没把她气死，过来照我脑袋就是一下子，问我：“干啥呢？”她这一句话吼醒了我。我心里暗想，这一年多的时间里我吐了多少次，练了多少次，死记硬背那么多书里的知识，怎么真到“上战场”的时候却跟个怂包似的。

我深吸一口气，告诉自己别紧张。紧张情绪缓解之后，我又给逝者鞠了一躬，开始像给姥爷入殓时那样为他服务，洗头的时候问他："水温可以吗，是凉了还是热了？按摩的力度呢，是下手重了还是轻了？"我知道他不会回答我，但这样会让我心里的压力小很多。从这天开始我跟我的每一位新客人都会有这样的沟通。

忙碌完吃饭时，林姐和许老大就开始嘲笑我。因为那时候我特别瘦，工具箱是个木头箱子，不装工具都特别沉，装了工具就更沉了。我背着箱子走路费劲，林姐看到之后说我"屁股一撅一撅的，像个唐老鸭"。然后，她又看见我进工作间后箱子没放下呢就先鞠躬，就跟我师父说："像不像按摩技师，您好 38 号技师为您服务。"说完两人哈哈大笑起来。

我能单独做基础的入殓服务以后，许老大教我学习复杂的入殓技术。实在没有可以练手的遗体时，许老大就买好几斤猪肉，把这些猪肉划的全是刀口，让我再用针线把刀口缝合好。我经常缝得扭扭歪歪的，有的地方还没缝上，而许老大缝完只留个特别淡的疤。她用剪子把我的缝合线剪开，让我重新缝。不断地给我找猪肉反复练习，但是缝合效果一直都不怎么理想。

还没准备好，实操的机会就来了。馆里接收了一个脑浆都摔出来的逝者遗体。尽管在这之前我见过那么多遗体了，但看到这个我还是差点儿吐了。许老大先让我看她是怎么处理的——先把伤口处洗干净，用碘伏棉球消毒，再在伤口处做脑部缝合。

等许老大处理完了，我高高兴兴地去食堂吃饭，结果食堂中午做了豆腐脑，我想起了脑浆，瞬间就吐了。

许老大看我这样，亲自下厨给我炒了几个素菜。我第一次吃她炒的菜，还挺好吃。吃完，她拍了拍我："学会接受吧，不接受以后怎么干活。"这件事之后，每次我处理复杂遗体，她都会先去食堂看看有没有豆腐脑或者相近的菜，有的话她都会单独给我做几个别的菜。

经过这些，我感觉她对我又不一样了——开始真正接受我了。

那天，馆里送来了两具被烧焦的逝者遗体，有一股烤牛肉烤糊的味道，很不好闻。这是一对母女，妈妈在家给上初中的女儿做饭时，液化气罐突然爆炸引发了火灾，母女二人当场死亡。

遗体送来时，我们已经下班了，谁来为母女俩入殓成了一个问题。许老大出去喝小酒了，其他同事也基本都走了。我才学了一年，根本不可能安排我。剩下一个同事小周，有四年经验。但他这人最大的特点就是懒，怕干复杂的活，怕处理不好家属找事。单位挺多同事都烦他，也有的同事想不通，他怕这怕那的怎么还能学这个呢？我也烦，觉得他挺大个老爷们还不如我一个小姑娘呢。

果然，小周看到这两具遗体，想也没想就说怕做不好，开始推脱。馆长气得一直瞪他，眼珠子都快瞪爆了，拍桌子让他滚蛋。我还是头一次看见馆长发这么大脾气，最后馆长让执宾给许老大打电话。许老大很快就回来了，没说话也没表情地进了工作间。许老大干活一直都这样，不多说话，安排多少活她都不抱怨。

看了这两具遗体的情况，许老大示意我给她打下手。我开始准备碘伏球、镊子、针线、刷子、调色盘等工具，调出最接近两位逝者身体的颜色。

许老大让我先把能剪下来的衣服全剪下来，不能剪下来的就放那儿。帮许老大都准备好了后，我准备离开工作间，许老大没好气地问我："去哪儿啊，这么好的学习机会不学，还等啥时候学？"我只好站在许老大对面，看着她把两位逝者冲洗干净。

许老大先处理女孩的遗体。女孩的脸烧得黑黑的，几乎没有皮。她先拿出一块硅胶皮，裁成脸的大小，再用一个脸型模具倒出一个有鼻子有眼的“脸皮”。随后，她先用针线把“脸皮”贴着肉紧密地缝合在脸上，再把女孩头发放下来遮着缝合处，脸基本就看不出缝合痕迹了。接下来，许老大开始给女孩画眉毛、鼻子和嘴，将近一个小时后，女孩的脸终于完成了。

接着许老大开始处理妈妈的遗体：清洗、缝合、化妆。人死后血液不会流动，但如果有伤口会排出血液，直到凝固，这也是为什么人死后会呈现青紫色和尸斑。

许老大处理完遗体已经是深夜，她虽然看起来粗暴蛮横，但她对逝者和家属尤其是小孩子有着超出寻常的耐心。家属对这次的服务也特别满意，一直抓着许老大的手含泪说谢谢。

之前馆长还一直担心许老大喝了酒，会不会眼花手不稳耽误干活，结果许老大还是干得出奇的好。借着酒劲儿，许老大还挺得意地说：“这活费劲吗？还非得让我回来，白瞎我一顿酒。”说完让馆长赔她。馆长说，现在就赔，领着许老大去喝酒了。大部分的同事也都回家了，又剩下我自己值夜班了。

身为我的师父，许老大挺发愁的——如果是在学校，专门的学校里会有练手的人偶、工具什么的。但这里是单位，没有称手的东西给我练。于是她干出一件匪夷所思的事——从情趣用品店采购了两个充气娃娃。我瞅着娃娃和她，沉默了一会儿说："怎么想的呢，充气的啊，一扎是不是就炸了？"许老大也沉默了，把这两个娃娃扔到焚烧炉里烧了。随后，她又买了一个150厘米左右的毛绒娃娃，把这个毛绒娃娃开膛破肚，再给我练手。也是苦了这个娃娃了。

练习很快有了用武之地。我认识了一个"新朋友"，也遇到了自己职业生涯里第一个复杂的遗体处理。那是一位酷爱喝酒的老爷子，喝多了还非要骑电瓶车回家，结果自己摔死在了水沟里。送到我们殡仪馆的时候，半个脑袋都凹进去了，脸也变形了。

我看了看他的创面，有碎骨头还有其他东西。这一次师父没进工作间管我，就剩下我自己面对他。我蒙了，不知道从哪里下手。最后我选择了不管脑袋，先给他冲洗遗体。一边洗一边跟他说话："你呀，是我见过的最脏的一个客人了，喝多了睡一会儿再回家不好吗？非着急回家，看把自己摔得多脏啊。”

冲洗完，我开始清理他的脑袋。先是用镊子小心翼翼夹出碎骨，再把不要的东西吸走。修复脑袋很不容易，我试了好几次，都不够立体。最后我只能把他的脸盖上，推了出去，跟家属说：“很遗憾修复不了。”家属还是想修复一下，要求我再试试。我就又推回去了，但还是不修复不好。停灵两天时间里，就这么折腾了好几回。

看我不会修复，家属跟馆里反映了情况，要求换一位能处理的，主任就告诉了我师父。师父之前因为有其他事在忙，也没注意到我的情况，等她了解前因后果之后，就对我说：“你能不能让我少操点心？用心，用脑子去想解决办法！”我心虚，没敢顶嘴。

要想尽一切办法要让脑袋立体起来！思来想去，我决定先用金属丝固定，再用硅胶皮缝合。说实话，脑袋结构太复杂了，它不像胳膊、腿那么好修复。脑袋里的血管、血肉、骨头、脑浆都处理干净以后，说是空了吧，其实还没有，就像一个窟窿。

最后，我终于把脑袋给修复立体了，就开始学着师父那样裁剪材料，缝一个脑皮给他。全都做好之后，我看了看，总觉得哪里怪怪的。后来我才发现没有头发，就用笔给他画了几根头发。接着，我开始做脸部塌陷整形。可能我确实手艺不行，折腾几个小时才把脸复原得差不多。

忙了一夜，等我再从工作间出来时，天已经亮了。许老大看我出来了，脸上透着焦急与担心，赶紧进去看了看我处理的遗体情况，出来时拍了拍我肩膀，满意地笑了——我第一次看到了她在工作时对我笑。我知道她这是认可我了。

这老爷子也被折腾得够呛，冰棺里睡得好好的，被抬出来处理脑袋，处理不了就被抬进去睡觉，然后又被抬出来，等到折腾好了，也差不多要火化了。虽然逝者家属不满意投诉了我，但我师父满意。

这件事教会我做事要认真，要用脑袋、用心，不能总依赖师父，该学会自己思考处理问题了。这次以后，我基本上就出师了。

许老大不忙的时候，虽然还是会在我背后当监工，看着我干活，但她忙的时候就顾不上我，开始对我彻底放手。出师没多久，我就挨了职业生涯里的第一次揍。

那天殡仪馆又送来了一位老爷子，执宾安排我给老爷子入殓。

去工作间的路上，我看见了一个人，仔细一看，这不就是之前投诉我的那位逝者家属吗？他看见我朝工作间走，就指着我对这位老爷子的男家属说着什么。然后，这位男家属就拦住了我，说："你岁数小，肯定经验不够，而且我朋友前几天在你这出现了处理不好的问题，我拒绝让你给我家老爷子入殓。"说完就扯着我，不让我进去。我跟他说："相信我一次，我会处理得很好。"他不但不听我说，还推了我一把，骂了一句："相信个屁！"

我被他推得摔倒了，脑袋磕在桌角上擦破皮了。我当时非常生气，站起来想骂他，但还是忍了下来，尝试着安抚他。他还是不听，也不给我说话的机会，一直吵吵嚷嚷着要换人。这引起了别的家属的注意，他们都齐刷刷地看向我，一脸好奇到底是怎么回事。

许老大见我挨了揍，不乐意了，奔着这位男家属就过来了。我怕她暴脾气上来会动手，就赶紧迎上去拦住了她。平复情绪之后，她说了一句："别人都在忙，我是她师父，你信不过她那就由我处理，让她配合我，给我打下手，行吧？"虽然这位男家属还是不太同意我进去，但也退了一步，说："只要她不碰我家老爷子就行。"

许老大把我带进工作室，又找出了一块布，这块布就是曾经为了防止我偷艺遮挡窗户的那块，然后她顺手就把布挂在了窗户那里。我说："啥意思？"她说："你傻啊，人家说啥就是啥啊？你做你的，看他能咋的。"于是，她就在旁边看着，让我处理遗体。

等我处理好遗体准备往外推的时候，发现许老大人不见了。

后来我才知道，她看到那男人准备上厕所，就提前跑男厕所埋伏去了，等那个男人到厕所时，把他吓唬了一顿，并要求男人向我道歉。男人被她吓得裤子都没穿好就出来给我道歉了。

这件事以后，我跟许老大的关系噌的一下就升级了。

有一次值夜班的时候，我俩在单位宿舍床上坐着，她突然问我："我给你当干妈怎么样？"我没想到她会说出这话，当场愣住了。她看我不说话，就说："你不愿意，就算了"。

"愿意，我愿意！"我问她："怎么突然想给我当妈了？"

"为了更方便管你，我感觉妈比师父更有说服力。"她还说："其实之前我就想老闺女、老闺女地喊你。"

我觉得"干妈"不好听，有人时我叫她"师父"，没人时我就叫她"妈"。

从那以后，她对我更严厉了，管的事更多了，但也对我更上心了。我也开始慢慢发现了许老大身上母性的一面——喜欢给我梳头发、扎辫子。

许老大让我把头发留起来。我每天在工作间拿着一张小椅子，在那乖乖坐着。一开始头发短，她给我扎一半，另一半散着；后来头发长了，她买了一抽屉五颜六色的头绳，每天挑一个头绳，不重样地给我扎辫子，梳好后还给我化妆。每次，她都对自己的劳动成果相当满意，还说："这才是个丫头该有的样子嘛！"

我跟许老大每天都有各种好玩的事情发生。她也经常带我旅行，在我们认识的第一个冬天，她带我去了她的老家——黑龙江漠河。这次开始，我才真正地了解她的过去。

有一天，外面天气阴冷，还飘着零星的雪花。我正在屋里整理工具，许老大在院里抽完烟进来，说了一句："真冷啊，外面好像下雪了。你不出去玩雪啊？"

我随口回了一句："哦，下来，也没多少雪，没意思。"

一听到这话，她就知道我肯定没见过真正的大雪是什么样的，继续说："那如果我带你换一个地方玩雪呢？"

我没当回事儿地回她："我倒是想去，但最近挺忙的，馆长能给假？"

没过几天的一个晚上，我们单位同事和馆长都在食堂吃饭，许老大跟馆长说："我想要几天假带小四出去转转，这半年她老在这院里憋着，怕她憋出事来。我也想回家看看。"

原来师父来真的，我赶紧接话："师父，你家在哪啊？"

"漠河啊。"见我有点发蒙，她接着说："哈尔滨，知道不？"

我立马兴奋地从椅子上站起来："那必须知道啊，小说里把那里说得又美丽又神秘，什么出马仙，萨满教，还有成精的小动物把人迷了吃了，印象最深的就是猫脸老太太。"

许老大听完我说的话，像看傻子似的看着我。我挠挠头，不好意思地坐下了，又继续问她："咱俩干啥去？"

她说："带你玩雪去啊。"

"咱们这里也是东北啊，还用特意回去玩雪？"我接着追问。

"一瞅你就没见过世面，这里下的雪跟老家的雪比，不值一提。”说完这话，第二天下午她就带我去买装备了。

看着许老大给我买的厚棉袄、花花绿绿的大厚棉裤，还有超级厚的帽子、围脖、雪地靴，我好奇地问：“用买这么厚的东西吗？能有那么冷？”她说：“你体格不好，爱感冒，零下四十度再不多穿点得冻死你。”东西收拾好以后，我们就出发了。

整个旅程分两段，先坐六个小时车到哈尔滨，在那儿休息一晚，第二天再换乘到漠河。到哈尔滨时，刚下车我就感觉挺冷的了。没想到到了漠河，一下车一股凉风直往我身上钻，害得我一直打喷嚏。许老大笑话我：“瞅你那个熊样。”

不愧是中国最北端的城市，穿那么厚我还直发抖。但漠河还不是这场旅行的终点，许老大的家，离漠河还有一段距离，在一个几乎都没什么人的小山村。

到她家的第一天，许老大指着一个牌位告诉我，这次带我回来的一个非常重要的事情就是祭拜她妈妈，也就是我的师姥姥。我好奇地问她爸爸呢？许老大沉默了，没有回答我，就去院子里了，留我一个人给师姥姥磕头上香。

第二天早上，她让我先去院子里玩，自己一个人祭拜师姥姥。我想她们母女俩应该有话要说，就出去了。

刚打开门，就看到一个制作得有点粗糙的小冰车——原来这就是许老大昨天在院子里忙活了半天的成果，我兴奋地跑过去拿起来玩了。因为对这个地方不熟悉，我怕自己走丢，就在家附近转了转，没有走得太远。

这里的大雪白茫茫一片，真好看！但我跑出来还有一个目的，就是想看看能不能遇到傻狍子。傻狍子没见着，反倒先看到了一只黄鼠狼在雪地里一跳一跳地，好像是在抓老鼠。

黄鼠狼在东北是个神奇的生物。东北一直流传着保家仙的说法。一共有五位仙家，这小家伙就属于五仙里的“黄仙”。传说里，它们是一群爱偷鸡吃的小妖怪，特别记仇，得罪它们了，不死也好不到哪去。

但眼前的这个小家伙，站起来瞪着两只黑得发亮的小眼睛四处看看，显得特别机警、可爱。我实在想不通，它怎么能被说成是祸害人的小妖怪呢？如果能养一只这样的小妖怪也挺不错。

我又四下转了转，真的有一只傻狍子奔着我来了，我还以为我看错了。这家伙长得憨憨的，像没有角的鹿，浑身上下透露出傻萌的气质。嘴里不知道吃什么呢，一边吃一边看我，对我充满了好奇。

我想在包里给它找点吃的，结果包掉了，小冰车摔了出来，它被这声音吓了一跳，就跑走了。没一会儿，它又跑回来，可能是想看看刚才是什么动静。这家伙到底是聪明还是傻呢？

后来，我跟许老大说起傻狍子这个事，许老大说，它就这样。以前冬天太冷，家家户户都有猎枪，用来打傻狍子，抓住它们之后把皮扒了，处理好后铺在炕上睡觉或者做帽子，挺暖和的。

拿着小冰车往回走，我发现许老大家前方有一条河，河面冻得很结实，我就在上面开心地玩起了冰车。许老大祭拜完师姥姥，也过来了，正看见我玩得欢快。快走到我跟前时，她偷摸团了一个雪团，“啪”地就糊了我一脸，我还没反应过来呢，她就在那哈哈乐。

真是坏透了！我也不甘示弱，也赶紧团了一个打她。她赶紧躲闪，一边跑，一边跟我“略略略”说：“打不着，气老猴！”看她这样，我愣了——这还是那个一脸严肃冷漠的许老大吗？

我们在外面疯了一阵儿后，她让我进屋烧火炕。我蒙了，说：“啥？我不会啊，没干过农活。”“把柴火塞里，再点火，多简单。”许老大解释道。

我开始按照她说的做，不知道是我太笨，还是她家火炕认主人，就是点不着火，气得我直接趴地下撅个屁股，用嘴吹。许老大看到问我："祖宗啊，你干啥呢？"我站起来说："点不着火啊，我拿嘴吹呢。"看我蹭了一脸灰，许老大又开始乐了。

后来，许老大把火点着了，还从邻居老乡那买了一只老母鸡，又要了一些玉米面、土豆，给我炖鸡贴饼子吃，本来想炖大鹅的，但那家人没养。炖好之后，问我："香不？"我说："香！"又问我："热乎炕，好不？"我说："好，师父也好！"

在许老大家待这两天，她白天带我出去玩，晚上也没闲着，回来一边喝酒一边给我讲课。躺在热乎的火炕上听课，我很快就睡着了，迷迷糊糊之中，许老大给我掖了掖被角。

漠河之旅结束了，在回家的列车上，我缠着许老大给我讲故事，她说："你想听啥，我也不会讲故事啊！"我说："那讲讲你自己呗！"许老大沉默了，她的沉默让我觉得她身上发生的事不简单。

听着她的呼吸声，我抓着她的手，问她："是不是真心给我当妈？"她说了一句："放屁！"我说："那我们娘俩交个心不行吗？哪有当闺女的，对妈的事一点不知道的？"

许老大被我的话噎住了，说：“你想知道，就让你知道吧！”

许老大年轻的时候也疯狂过。

她 15 岁离开那个小山村，被她妈妈送去读书。但她不爱读书，为读书这个事，没少跟师姥姥吵架。师姥姥会算命，她跟许老大说，如果不爱读书就在家学算命。许老大学得挺快，但始终不信，很快就腻了。她想去大兴安岭当一名守林人。

16 岁那年夏天的一个晚上，许老大想趁着师姥姥睡觉的时候，跑去大兴安岭。但院门锁着，她没有钥匙，就翻墙出去。刚跑出去没多远，她就后悔了，因为兜里没钱，只好又翻墙回去了。

我问她为什么总想往外跑呢？许老大反问我：“你为啥不爱在家待着，也往外跑？”这回换我沉默了，不知如何作答。

许老大接着讲，虽然那次没跑成，但她打算先从师姥姥那里偷点钱，等下一次离家出走。这次，她计划了几个月，终于走到了想守护的那片大森林。到了大兴安岭后，她跟我当初一样，人家不要她，她就黏着人家，还鼓捣人家的枪，结果差点儿把自己给崩了。

当地的守林人淳朴善良，最后把她送回了家，并嘱咐师姥姥，说：“看住她，别让她瞎跑。这也就是我们吧，换作别人，她说不准就要出事了，或者被人卖了啥的。”我听了哈哈大笑，说：“谁敢卖你啊？”

许老大接着说，她以为这次离家出走被送回去会挨揍，但师姥姥没有揍她，只是好奇：一个小姑娘咋就那么野呢？师姥姥以为许老大这次会老老实实地在家待着。但很快，许老大又逮到了一个可以离家闯荡的机会。

有一天，村里一个在齐齐哈尔开饭店的老乡回来了，还到她家串门。许老大不知怎么听说人家要回齐齐哈尔的事，就去求人家把她带走，但人家没同意。师姥姥知道后就问她：“真的想去吗？”许老大表示：“我能吃苦受累，只要不让我在家待着，让我干啥都行。”

我把许老大的故事按了暂停键，问她：“家里怎么了，你怎么就待不住呢？还有你爸爸呢，怎么没出现在故事里？”许老大沉默了一会儿，说：“我没有爸爸，从记事以来一直到给你讲故事这天，我都没见过我亲生爸爸。我曾问过我妈，我爸在哪儿，她总是淡淡地回我两个字——死了。有的时候问多了，她直接冲我吼：‘少你吃喝了？

非打听你那个死爹干什么！’”一直到师姥姥去世，许老大也不知道她爸爸是谁。她自己有过猜测，可能爸爸、妈妈并没有结婚就怀了她，妈妈是不忍心才选择生下了她。

许老大说，她不爱在家待着的原因是受不了她妈妈，我问她：“受不了什么？”她说，更小的时候，她记忆里的妈妈，总爱叼着烟卷坐在麻将桌上跟人打麻将。等她再大点儿，她妈妈变成了一个神算子，手里拿着一个鼓，跳着舞，嘴里叼着烟还念念有词。直到再大点儿，她才明白，妈妈那是“请神”呢。以前的人迷信，附近如果谁家孩子有“邪病”了，都会找师姥姥给看病。有钱的拿钱，没钱的就拿些粮食或香烟之类的抵账，师姥姥也不挑。

但是许老大不怎么信这些，也不喜欢这些，就想看看小山村外面的世界，所以才想尽一切办法往外跑。最后，师姥姥同意她跟那个老乡走了。

许老大开始了在齐齐哈尔的打工之旅——在一家饭店做服务员，这是她第一次离开生长地方，也挣到了她的第一份工资。许老大当时才 17 岁，没闯荡过社会，年轻、冲动，不管有什么事她都喜欢用暴脾气解决。因为她单纯，也不懂为人处世，所以在饭店里一点儿也不讨喜。

饭店里有一个厨师就利用许老大没阅历，开始有意无意地打听她家里的事，还爱说些骚话。许老大知道这人的心思，就没理他，开始躲着他。我问："这厨师喜欢你吗？"许老大说："提起他就来气，当时那厨师都30多岁了，离过婚，头上没几根头发还油乎乎的，瞅他就恶心。一说骚话，就更恶心了。"

有一次，许老大因为夜里着了凉，有些发烧。那天饭店不忙，二楼的包间几乎没人，许老大就想找个包间歇一会儿。没想到进去之后，这个厨师也在，他趁许老大身体虚弱，一把把许老大拉到他怀里，想有下一步动作。还没等他动手呢，许老大就先动手了，先是对着他炮轰般的一顿臭骂，接着给了他好几个嘴巴子，外加一个小擒拿，把厨师都打傻了——他怎么也想不到一个17岁的小姑娘这么厉害。

我问许老大擒拿跟谁学的，她说："我妈会点武术，我从小就学，所以对付这样的人，我还是可以的。"我说："怪不得每次打我都那么有劲儿，原因在这呢！"

打完厨师，许老大憋了一肚子气，她跑着下楼了。店里的老板娘和一个服务员问她："去哪啊？"她直接回一句："不用你们管。""啪"地摔门走了。

我问她："那你走哪儿去了？不干了吗？"许老大说："没有，我出去转了好几圈，最后又回饭店了。我那时都想好了，那厨师只要再敢碰我，碰一次我就打他一次。"

我又问她："在饭店干了多久？"许老大说："不长时间，打完厨师我也没痛快，这股火我发泄了好几天，给客人上菜时态度也不好，客人不满意，我回击人家'爱吃不吃，不吃就滚'。"饭店生意看重的就是服务态度，老板都看在眼里，思来想去，最后决定也不给什么老乡面子了，直接跟许老大说"回家吧"。工资则以许老大态度表现不好，不打算给她。许老大明白怎么回事，没要工资就走了。

因为手里没钱，许老大流浪了好几天。后来，许老大发现一个理发店招学徒，就又跑理发店待着了。在理发店，许老大天天给人打下手，兑染膏，点头哈腰地伺候人，没待够一个月她就悄悄走了。

我听完一直乐，许老大觉得我在笑话她，语气不好地问："乐什么？"我说："你不相信命运？学美发嫌伺候人，结果你现在天天给遗体做美容，这也是伺候'人'的活，你怎么就学了？"许老大说："睡觉吧，以后有空再慢慢给你讲。"

为了听后续的故事，我开始每天向她献殷勤，给她烫白酒，炒花生米，打洗脚水。她说我“无事献殷勤，非奸即盗”。我挠着头，有点不好意思。

半夜不忙不累的时候，许老大说：“看你最近表现挺好，没惹我生气的份上，就接着给你讲。”她喝了一口白酒，开始了。“从理发店离开以后，我换了好几份工作，混了两年左右。之后的一个秋天，我惹祸了。”她说。

有一天夜里，许老大和几个好朋友出去吃饭喝酒，有一桌客人也喝得不少，本来正常喝酒也没什么，但那桌客人起身的时候碰了许老大这桌的一个朋友。朋友没说话，但撞人的人却不乐意了，张口就来了一句：“你瞎啊！”许老大的朋友脾气好，给对方道了歉。按理说这事也就结束了，结果对方不依不饶，说他们态度不好，心不诚。这回许老大急眼了，把啤酒瓶子往桌子上一摔，指着人家，问：“你啥意思啊，你撞得我们，我们都没说话，还给你道歉，你还没完了。”对方看许老大这样，也都站起来了。许老大直接踹翻桌子，啤酒瓶一扔换成了塑料凳，打起群架。

许老大说她没占到什么便宜，脸被对面一个女人给挠破相了。饭店老板报了警，砸了人家饭店要赔钱，打坏人也得赔钱，许老大没多少工资，当地派出所就把师姥姥叫过去了，商量赔偿的事。

我问："那你脸被挠坏了咋算？"许老大说："啥也不算，算我吃亏。"师姥姥把许老大接出了派出所后，还说："许凤霞，你这两年混得真出息了，学会黑社会那一套了，给老许家光宗耀祖了。"

"对了，我本名叫许凤霞。当时我妈给我取了好几个名字，最后确定了用这个名字。"许老大补充说。"那为啥大家叫你老大？"我问她。"因为我是遗体美容这个岗位上年龄最大的，所以叫老大。"她说。

师姥姥看她在外面混成这个样子，又不愿意回家，就开始想办法——把她带到一个尼姑朋友那里，想让许老大跟人家诵经、礼佛、吃斋，消磨一下她这个坏脾气。但许老大趁师姥姥跟那位尼姑朋友说话叙旧的工夫又偷偷跑了。

许老大又来到了一个新的城市。到了之后，她哪里都不认识，该干什么也不清楚，就开始闲逛。逛到一个公园入口处的时候，她发现公园不大，还有一座小山，就打算上山看看。进去后，看到山顶上好像有座碑，上面还有字，她就顺着台阶往上走。刚走到一小半的时候，突然看见一个古装打扮的老头在那扫地。这老头盘着长发，穿个灰色的对襟衣服，衣服很长，风一刮，看上去就像没有脚的鬼似的在那飘着。

遇到这种情形，正常人的反应应该是头也不回地赶紧跑，甚至当场吓晕过去。但许老大做了一个绝对反常的行为，她来了一句："好你个小鬼，敢吓唬你姑奶奶！"说完，开始对这老头打出了一套天马流星拳。

老头立马喊："停手，别揍了。"许老大根本听不进去，继续打。老头扯个嗓子喊："我是人！活人！我还热乎着呢！不信你摸摸。"许老大这才停手。但她没搭理老头，也没给人家道歉，继续往台阶深处走。老头跟着她，边走边说："不用上去了，这上面是一个烈士陵园，没到开放日子呢，改天再来。"老大没搭理他，老头可能是怕再挨一顿揍，就不再说了，只是默默跟在后面。

走着走着，前面有个大铁门，进去之后是烈士墓，许老大这才发现老头说的是真的，这确实是个烈士陵园。烈士墓后面还有一个小亭子，玻璃窗上贴了一张纸，上面写着：招聘打更人。许老大指着那张纸就问老头："啥意思？"老头赶紧解释："招一个值夜班的，跟我替班，也没啥要求，就是不能待几天就走了。”许老大正想找个工作呢，直接问了一句：“我今天晚上上班可以不？”老头说：“不行，得明天领导来才能决定。”于是当晚，许老大就直接在院子里躺着睡了一宿，老头在保安亭里看守她一夜。

第二天早上领导来了，老头把许老大的情况说了，但领导没看上她。说许老大是个姑娘，岁数还小，打更这活更多是上年纪的人的选择。后来考虑再三，才决定让许老大待一个晚上试试，能行就留下她，但是工资很低。

烈士陵园没有什么活，基本就是打扫卫生，晚上的时候她就披着衣服，拿着手电筒巡逻一圈。这次，许老大居然在烈士陵园待住了，而且一待就是十年，从一个20岁的小姑娘变成了30岁的老姑娘。

我问过许老大：“你一直就在烈士陵园里待着吗，没回家看看，也没谈婚论嫁吗？”许老大抿了一口酒，说我：“拿手电筒在单位巡逻一圈吧，剩下的等会儿再说。”我巡逻完回来，看着许老大低着头，手里捏着酒杯，再用力一点，杯子都能让她捏碎。我好奇她想起什么伤心往事了，会有这样的情绪。

许老大接着说：“我没事时，也会回家看看，但有的时候，回去了看到的更多还是我妈给人看‘邪病’，屋子里供着保家仙的牌位，浓重的香火味，而且我跟我妈说不了两句话，就能吵起来。”我问她：“你是离婚以后来这边的吗？”我也不知道怎么突然来这么一句话。

许老大看着我乐，摸摸我的头说：“傻闺女啊，你妈我就没结过婚。”我追问道：“那你没处过对象，就一直自己？”她说：“那倒没有，我年轻时候也谈过恋爱。”

在烈士陵园的时候，许老大认识了一个长得像刘德华的帅气男人。这男人家里兄弟俩，他是老二，在一个厂里上班，大哥在当兵。当时，这男人在公园里散心，偶遇了许老大。男人佩服她一个女孩干这份工作，不忙的时候，总去山上看她。还骑着他的小摩托车，接许老大出去玩。晚上许老大值夜班的时候，他还给许老大送晚饭。一来二去两个人熟悉了，自然而然就走到了一起。

没多久，男人家里知道了他们俩的事，想见见许老大，如果行的话打算让他们结婚。相处了一年左右，男人就把许老大带回了家。在男人的家里，许老大从一个女孩变成了一个女人。但第一次见面，他们闹得很不愉快。

男人的家里人问许老大对结婚有什么要求，许老大支支吾吾地说不明白。他们接着又问了许老大的工作，一听许老大在陵园工作，问她有没有换工作的打算，她表示没有，他们当时就变了脸色。

后来，许老大听说男人家里人没看上她，就提出了分手，但男人不同意，还问许老大什么时候带他回她家看看。许老大心里想：你家没有一个人认可我，我带你回什么家。但她还是和男人断断续续地好了十年，这十年里许老大提出过结婚，后来又去了男方家里几次，但男人家里都是不同意的态度。

我追问："那个年代，能处十年不结婚的情况很少吧？"许老大说："是，所以我就提出了分手，可是分开一段时间又会和好。"我追问："最后因为什么彻底分开的？"许老大说："他骗了我，有一次他说回去应付家里的相亲，但这一去就没消息了。我也不是傻子，知道怎么回事。"最后，许老大在两个人共同的好友那里知道了男人结婚的消息。我也曾问过她更细节的一些事，但许老大不愿意提。我想这应该是她心里最重的伤疤了吧。

我问许老大："恨他吗？"许老大说："一开始恨过，没有他，我可能结婚了，有孩子了。"说到这，许老大问我："知道为啥我后来同意收你这个徒弟吗？"我歪着头看向她，表示自己不知道。许老大说："有两种说法，一种呢，迷信来讲，你跟我有缘分，命里注定的；还有一种呢，就是我也挺孤独的，什么都没有了，直到在殡仪馆门口看见了你。”

“一开始不要你，是因为我没啥文化，想让你好好读书，后来看你身上的那股劲儿，有我年轻时的影子，慢慢接触下来，我觉得你这个孩子还不错。我一直都幻想自己结婚，然后生个漂亮的女儿。”思来想去许老大才做出那个决定，认我这个女儿，让我跟她有个伴，以后百年了，能有个给她养老送终的人。我说：“就算你不认我做女儿，我也会给你养老送终的。”她摸摸我的头，说：“你就嘴甜。”

许老大的爱情结束没多久，老家传来了一个噩耗——师姥姥要不行了。许老大请假到家的时候，师姥姥对她只说了句“你回来了啊”，就咽气了。说到这里，许老大狠狠灌下一口白酒。可能灌猛了，酒洒了，她用手一擦，看着我说：“明白吗？我没有妈妈了，再也没有妈妈了。”她哭了，这是我第一次看见她哭。

我过去抱住了她，她边哭边说：“我很后悔，年轻的时候，我妈那么想让我回家，可是我嫌她神神道道的，又爱唠叨，就一直躲着不回家。现在我想回家，她却不在了。”我心里也特别难受，也灌了一口白酒，跟着她一起哭。最后，我们娘俩抱着头哭。等她哭够了，问我："你哭什么？"我说："你想你妈，我想我姥爷，你没有妈妈了还有我这个女儿，你并不孤单。"

处理完师姥姥的后事，许老大就回去继续看守那一片墓地了。但没过多久，上面下来了指令，说许老大工作的这个陵园没有烈士，是个假的，她也就光荣下岗了。听到这里，我又乐得不行，说："还得是你啊，真厉害，烈士陵园都能给你看黄了。"

这回，许老大彻底回家了，她拿起了师姥姥那套家伙什，开始在村里学着师姥姥的样子给人看"邪病"。也是在那段时间里，她学会了抽烟喝酒。我想，她选择回家可能是为了弥补对师姥姥的亏欠吧。

在家待的时间长了之后，许老大又觉得没什么意思，就琢磨着去哪里找个班上。琢磨了很久，她觉得既然烈士陵园回不去了，就去别的墓地打更。于是，找着找着，就到了火葬场。听到这里，我就懂了："你是从那时候开始跟师父学手艺的，就像我跟着你这样。"但她说："并不是，最开始在火葬场，我跟一群老娘们……"

我打断她："能不能文明点，妇女行不行，总说人家是老娘们。”她学我吐舌头，挠挠头，说：“我习惯了。”然后她改口说：“我跟着那帮妇女叠元宝，打扫卫生，这是我最初的工作。”

后来，在一个葬礼上，她发现家属要求给逝者做遗体美容。当时，她根本不知道什么是遗体美容，十分好奇，就一边干活一边偷看，有三位男性遗体美容师给遗体洗澡、按摩、消毒、穿衣服、穿鞋、梳头发，还弄一个调色盘在那画。她没看明白具体怎么做的，就看人家在那一顿操作之后，钱就到手了。我奚落她说：“你咋看的呢？还赶不上我呢。”

我偷学她的手艺，她偷学别人的手艺。跟我一样，许老大偷学手艺的时候也是拿个笔记本。由于没师父教，也没人给她练手，后来她自己觉得行了就算出师了。很快，检验她学习成果的机会来了。

有一次，火葬场来了位家属说要找一个殡葬师给逝者做遗体美容，许老大自告奋勇就去了。没想到她这服务做得“特别好”——衣服没穿上，裤子没提上去，尸僵也没缓和，妆化得惨不忍睹。挨了顿骂不说，还差点被辞退。当时许老大也没想明白，“照着看的操作地啊，差哪儿了呢？”

之后，每次有专门的殡葬师来，她就申请给人家打下手，这样积累了七八年经验，许老大觉得自己又可以了——可以靠这个手艺在火葬场干一辈子。但她想多了，火葬场——单看这几个字就能看出来——只火化，很少有其他业务，人家没多余的钱雇她。许老大暴脾气上来了，此处不留爷自有留爷处，她开始寻找能让她发挥本事的地方。许老大开始全国各地跑，主要的目标就是找火葬场和殡仪馆。

她说："走了一圈才发现，全国这么多省市不是每个城市都有遗体美容服务的，这个服务并没有普及到全国。而且各地风土人情不一样，殡葬风格也不一样，南北方的殡葬习俗有很大差异。"而且殡仪馆那帮人还问她要资格考试和上岗证明，她都没有。她说，要那破玩意儿有啥用啊，真正有本事的人从来不需要乱七八糟的东西。

我说："怪不得前阵子，馆长说你一开始干活属于上坟烧报纸糊弄鬼呢，原来原因在这啊。"许老大承认，她刚开始干活也不行，还是单位同事林姐教她，带她。

提起林姐，我又开始好奇，师父脾气火暴，林姐性格温柔，两个性格截然相反的人怎么会是师徒呢？我追问师父："是怎么认识林姐的？"师父说："我来这上班的时候，林姐就已经在这了，林姐那个时候看上去就显老，但没有这几年老得快。一开始我也是随着大家叫她林姐，跟她接触后我才知道，我比她还大两岁呢。”接着，师父就开始回忆起了她跟林姐那些年的点点滴滴。

我师父刚开始来殡仪馆的时候，谁也不认识。她是外地的，在这边没有亲人，整个单位就属林姐对她最热心，不但给她买洗漱用品，还给她换了新的被褥、枕头、床单和被罩。

之前我师父给遗体化妆化得不好看，林姐就开始教她。但她俩完全没有默契，我师父大大咧咧，粗心，干活觉得差不多就行；林姐心细，总是爱抓一些细节，她总会提醒我师父没做到的地方。

我师父一开始特别烦她，觉得这人矫情，总不给林姐好脸，甩一句“知道了”就想把事糊弄过去。换作别人，看我师父这样，肯定不能搭理她了，爱干啥干啥吧，都有可能还得跟她起冲突。但林姐没有，她不管师父爱不爱听，该说继续说，也不生气。看林姐这样，我师父也没脾气了。慢慢地，每次干完活，都先问林姐还有什么错误，没有她才把遗体推出去。

但林姐也有跟我师父生气的时候，比如打扫卫生这方面。师父粗心，收拾得不干净，有时候干完活不洗手就去食堂吃饭，林姐就开始碎碎念念地让她洗手。一开始，林姐对师父糊弄卫生的事生气会说，后来发现没什么用，只好自己再收拾一遍。

就这样，两个性格不同的女人，一直在磨合。慢慢互相配合着工作，我师父也开始讲究起来，干活不合格的地方都被林姐改过来了。等我来到殡仪馆后，随着深入了解，我发现林姐是我见过最苦命却又是最坚强的女人，也是最特殊的入殓师。

守在生命的终点

2014 年开春，林姐的丈夫因为肝硬化去世了。林姐丈夫所在的单位打算安排一个私人火葬场入殓火化，但林姐不同意，说自己就是入殓师。在她的一再坚持下，丈夫的遗体终于留在了自己工作的火葬场。

去世的人要开具死亡证明和火化证明，殡仪馆的同事包括师父，都提议让林姐先去派出所注销户口、开证明，我们为她丈夫做入殓，但是林姐没同意，她说要亲自给丈夫入殓。那天，林姐办完手续已经是下午了，回来时还带了一个紫色布兜，鼓鼓的，里面装着入殓要用到的毛巾和寿衣，随后就走进了工作间。

我和师父跟着进去了，想看看有什么可以帮她的，但林姐拒绝了，说："让我自己陪着他可以吗？"我跟师父没说话，在她工作间的门口站着看她独自忙活，一边一个，像两个门神似的。

林姐拿盆接了一盆温水回来，又拿出一次性的被单，盖在她丈夫的隐私部位，然后把她丈夫的上衣、裤子都脱了下来。接着林姐拿出小布兜里的毛巾——她丈夫生前用过的，用毛巾蘸着温水一点点地给他擦拭身体。这个操作看得我有点蒙，我问师父："毛巾那么硬，这么做不会刮掉皮肤吗？"师父说："不会，手轻点就行，要使劲搓那肯定会。"

林姐一边给丈夫洗澡，一边聊天，就好像他们两个下班了，在家聊家常。林姐一会儿问他这屋里冷不冷，一会儿又问他洗澡水凉没凉。身体擦洗好后，林姐开始消毒，之后给丈夫按摩放松，还说："我刚学这行的时候，你经常给我练手，慢慢地我也习惯了每天回家给你按摩。"林姐一边说话一边回忆，似乎还在笑，一脸幸福。看着这一幕，我的眼泪直打转，而师父早已不忍再看，悲伤地蹲在地上。

按摩完了，林姐给丈夫刮脸，穿衣服，穿鞋。每一个步骤，每一句话，都透露着她的耐心与温柔。我在心里佩服她，觉得她特别坚强，手不抖，眼不红。但是，她做着做着就不对劲儿了，慢慢地蹲到了地上，头埋在膝盖里，身体开始抽搐。

我和师父发现她绷不住哭了，赶紧冲进屋里，想把她拽起来给她找个椅子坐。师父一边安慰她，一边安排我帮她把剩下的服务完成。我戴上手套、口罩，刚准备开始，林姐不让我碰，说："让我缓缓，我要自己来，剩下这最后一程了，我要陪着他走完，亲自送他走。"

全套服务做完后，林姐打算一切从简，不想让丈夫生前的同事来，也不想通知家里亲戚。但她还是想照规矩停灵三天，想多陪陪他，多看看他，火化以后就再也见不到了。师父劝她："还是得通知，需要照顾一下亲朋好友的情绪，这样也可以收点份子钱，毕竟家里还有老人、孩子，处处需要用钱，我们都是俗人，不能免俗。"林姐默认了师父的话，单位里每个同事都给林姐随了最少 500 元钱的份子钱，像我师父还有跟她关系特别好的朋友，给随了 1000 元钱，都是大家的心意。

林姐丈夫火化那天，林姐虽然表面无所谓，但剩她自己一个人的时候，她开始偷偷地哭。大家给她的钱，她也没要，把钱压在了大家饭盒底下还给了大家。我突然心疼她，想找她聊聊，可是聊什么？怎么聊？我有点儿发愁，怕自己的唐突会贸然揭开她刚要长好的疤，让她又疼一回。

这之后，我常去她工作间的门口转悠，她看见我总是问我："怎么了，是有事？还是你师父需要帮忙？"我不知道该怎么开口，搓了搓衣角，说："没事，你忙。"就跑回师父那屋了。林姐心里估计也很疑惑吧，她猜不出来我想要干啥，所以也没搭理我。就这么转悠着转到了夏天，我依旧没找到话题和突破口，直到有一天突然有了意外收获。

那天下午吃完饭，我又跑林姐工作间门口转悠去了。林姐可能习惯了我没事就来，也不问我干什么，而是冲我笑笑，冲我招手，拍拍椅子示意我来她屋里坐，跟我说："等我一会儿洗完手给你拿饼干吃。"

我乖巧地点点头，但没奔着椅子去，而是在她屋里来回逛。我的目的很简单，就想趁这个下午没事跟她谈谈心。我正转悠着呢，突然在工具车挨着的墙角缝隙里看见一个绿得发黑的东西，细细长长的。我脑袋里第一反应是蛇，本能反应，喊了一嗓子。

这一喊给林姐吓够呛，她问我："怎么了？"我说："墙角……墙角那里有条蛇。""不可能啊！"林姐说。她爱干净，屋里经常消毒，连只小虫子都没有，怎么会有蛇呢？林姐往我指的墙角走去，观察了一会儿，把手伸了进去。我赶紧把眼睛捂上，但又好奇地透过手指缝偷看。

林姐看我这样，过来拍拍我，说："别怕，不是蛇，你自己仔细看看那是啥。"说完，她从背后拿出一根翠绿色的竹笛，原来不是蛇。我问林姐笛子是谁的，她笑笑说："当然是我的啦！"我爆出一声惊呼："哇，林姐你还会吹笛子啊？"林姐说："当然会啦！"

我开始谄媚，向她撒娇，说我不想吃饼干了，想听林姐吹笛子。林姐犹豫了一会儿，看了看墙上的钟，跟我说："还有时间，那我们就去后院待一会儿吧！"

后院下午几乎没有人，林姐背对着我吹起了笛子，有风吹过她的头发，背影看上去是那么的优雅，我也听得特别陶醉。

吹完笛子以后，我借着这个理由开始问林姐："笛子是谁教给你的，我跟他可以交个朋友吗？"林姐说我："怎么一天天没大没小的呢！"我没说话，好一会儿我开口说了这么一句："什么事你都自己扛着，不累吗？"我心疼她，很多事我想问她，又不敢问，不知道该怎么开口，怕伤害她。

林姐看看我，说了句该回家了，就骑着自行车走了。

看着她离开我心想：完了，彻底没戏了，她以后不能搭理我了。没想到过了几天，林姐主动来我和师父干活的工作间找我，跟师父说："有点儿事找小四，要把她借走一会儿。"师父给我递了个眼神，我领会了，就跟林姐走了。

来到林姐的工作间，林姐问我想知道什么呢。我说，我想听听她的故事。林姐笑笑，又从她的布兜里掏出饼干给我。

林姐是 1977 年生人，从她有记忆以来，就在厂家属楼里长大。林姐的父亲在世的时候，是厂里办公室的一个小主任，林姐的母亲在镇上小学教书。那个时候镇上就一个小学，孩子多，老师少，附近村镇的孩子基本都在那个小学校念书。

林姐的母亲一个人同时教不同年级的孩子上课。除了给孩子们上课，她还会给孩子们吹笛子听。林姐的笛子就是她母亲教的。

林姐说："我父母结婚的时候，母亲什么都没要，就要了一根笛子作为彩礼。这根笛子是我父亲亲手给我母亲做的。"林姐回忆说，她儿时都是听着母亲哼唱的小调和笛声入睡的。遗憾的是，母亲因病去世时林姐才 15 岁，当时她还不明白死亡是什么意思，只知道她再也没有妈妈了。

林姐的父母感情很好，记忆中，林姐很少见到他们吵嘴。父亲特别宠母亲，母亲随口一提的小事父亲总是放在心上，并认真照办。逢年过节，父亲也会买些新奇的小玩意、首饰或者一束花带给她和母亲。也许正是原生家庭氛围好，养成了林姐温柔的性格。

林姐的母亲去世后，父亲独自照顾林姐，随着林姐慢慢长大，她渐渐看出了父亲的不易，总是劝父亲再找一个伴侣。但林姐的父亲直到去世都没有再续弦。林姐问过父亲："为什么不找，我总有嫁人离家的那天，你一个人在空荡荡的房间里多孤独？"林姐的父亲说："当年娶你母亲回家的时候，就承诺过她，这辈子生死都要在一起，她先走了，就等于在那边等着我了，如果我在这边找了别的女人过，百年以后九泉之下，该怎么面对她？"林姐一边听一边流眼泪。这样的感情影响了她日后的爱情观，也冥冥中成就了她的未来。

2001 年夏天，林姐在父亲一个女同事的牵线搭桥下，认识了姐夫。当时，姐夫在厂里只是一名普通工人，两个人相差两岁。姐夫来自农村，父亲很早就去世了，就剩一个母亲。姐夫的母亲是个很要强的女人，在农村附近的小玻璃厂做零工，再靠做点工艺品和捡破烂卖钱生活。这些钱不仅养活了她自己和姐夫，还攒出了供姐夫上大学、娶媳妇和给自己养老的钱。姐夫看着母亲这么不容易，在厂里倒班的时候，也会到附近的工地看看有什么零活可以干。多挣出来的钱，他就存起来。姐夫没有什么不良嗜好，自己和母亲两个人花销也不大。

林姐和姐夫刚认识的时候，彼此留下的印象是这样的：在林姐眼里这个男人长得白白净净，看着老实巴交，还有一头羊毛卷，戴大黑框眼镜，说话文质彬彬；姐夫对林姐的印象是：人很温柔，个头也不矮，有点大家闺秀的模样。第一次见面，两个人就看中了彼此。

林姐从父亲那里得知姐夫是个大学生，在父亲厂里工作，家里情况差一些，但人品好，能吃苦，性格也不错，如果行的话，就打算双方父母见个面，准备张罗两个人结婚的事。

别看林姐这边没啥意见，但姐夫母亲那边第一次见面就没看好林姐。理由很简单：林姐是个城市姑娘，娇生惯养不说，瘦瘦的一看就不好生养，还不会干农活。不过，虽然她不满意，但架不住自己儿子喜欢，日子终究是他俩过，最后两个人的婚事还是定了下来。

林姐说：“我们的婚礼是在农村操办的，特别热闹。出嫁那天，我穿粉色的婚纱，戴红盖头，他抱着我下楼，又抱着我下车，婆婆接喜盆。典礼的时候，我和父亲都哭了。”办完婚礼，因为身体原因，林姐直到两年后才怀孕。这两年里，婆婆没少抱怨和说酸话，但林姐都没往心里去。

孕期里，林姐一直想象宝宝是什么样，有了宝宝以后一家三口的生活又会有什么样的变化。但老天爷跟林姐开了个一点儿都不好笑的玩笑。

生产那天，因为是顺产，加上林姐不会用劲，导致孩子在生产过程中窒息，一出生就是脑瘫。双方家里知道以后，都劝他俩给孩子扔了，万一哪个好心人把孩子捡去了，也算这孩子命好，趁他俩还年轻，林姐再好好养养身体，还能再生一个。这话现实吗？林姐两口子再傻，也知道遗弃孩子是犯法的。而且话说回来，不管怎么说都是自己的孩子，是自己身上掉下来的肉，怎么能忍心扔了呢？

孩子大一点后，林姐和姐夫开始带着儿子全国各地跑，寻求能治疗小儿脑瘫的办法。一次次的努力终究没白费，儿子已经从基本的沟通，到慢慢学会了自己走路、穿衣服了。就在日子一天天变好，一切都有奔头的时候，老天爷又开始捉弄林姐了。

在林姐带孩子去做康复训练没能回家的那段时间里，林姐的父亲在单位里突发心梗去世了。等林姐匆匆赶回家的时候，父亲已经在单位的安排下火化完了，她连父亲的最后一面都没见到，只领到了父亲的骨灰。按照父亲生前的意愿，林姐把父亲和母亲合葬到了一起。

父亲的离世对林姐的打击很大，但她说那段时间她没空去伤心，因为还要工作和照顾孩子。林姐说这话的时候，声音是哽咽的。我想她不是没时间伤心，而是她无法接受父亲突然离世的消息，只能让自己忙碌起来，来淡化心里的悲伤。

我感觉自己做错了，因为好奇，让林姐心里又难受了一回。我拍了拍她的肩膀，跟她说："对不起，是我不好。"林姐说："这么多年我都没跟谁说过，说出来心里的压力能减轻点。"

既然父亲去世时，林姐没有参与其中，那她又是什么时候从事的殡葬业呢？我想话题岔开，从家庭问题变成工作问题，就问她："你是怎么干起了这份工作的呢，姐夫他们愿意吗？”林姐说：“他是很尊重我的，只要是我喜欢的事情，只要我愿意尝试，他都会无条件地支持我、鼓励我去做，婆婆就是啥都不管的态度，我们小两口好好过日子就行。”在做入殓师之前，林姐继承了她母亲的工作，在小镇上的小学教书。

林姐说：“我也很喜欢教书这份工作，看着一个个天真可爱的小朋友认真听课的样子，心里特别开心。我有时候就想，如果儿子没有生病，会不会有一天也坐在那间教室里认真地听我讲课。”后来，随着城镇的发展和学校合并，家长都选择把孩子送到城里小学念书。

林姐说：“那个时候我心里很难过，班里原来有 50 多个孩子，后来越来越少。每次有家长过来找我，我都知道他们要说什么，就做了一个嘘的手势，说我明白，不用说了。家长立马点头哈腰给我道歉，说不是我教得不好，我只能笑笑说没事。”

最后，一个孩子都不来了。林姐亲自擦了最后一次黑板，拖了最后一次地，站在一个孩子都没有的教室里讲了最后一次课，亲手锁上了教室的门，在校门口跟学校挥手再见，为她的教师生涯画上了句号。

下岗以后，林姐也不是立马就转行到现在的工作。那个时候，她甚至都没听说过还有入殓师这么个工作。有很长一段时间，林姐在家里做全职妈妈，带儿子康复，教儿子说话、穿衣服。

接触这个行业的契机，是有一次林姐回农村婆婆家参加白事，在门外等着吃席的时候，她看见有一伙人在给逝者穿衣服、擦身子、戴帽子。林姐顿时就被吸引住了。要知道二零零几年，在我们这个五线小城市里，别说遗体美容师，就是跟殡葬行业挨边的职业，从事的人都很少。那个时候，都说只有蹲过监狱的、孤家寡人的才干这行，好人谁干殡葬这活？

但林姐很快就萌生出了从事这行的想法。让她坚定选择的原因也很纯粹，一是她想通过服务逝者来弥补对父母的遗憾，二是她想帮逝者的儿女们尽一份孝心。想法是好的，可是林姐和姐夫都不认识也接触不到从事殡葬的人，所以她一直都没有找到突破口。

2006 年，林姐的婆婆突然病了，需要人照顾，那时的林姐还没工作，是照顾婆婆的最佳人选。也正是这次回老家，林姐打开了殡葬业的大门。

此前，林姐很少回农村，虽然对婆婆家附近的邻居都不是很熟悉，但对西边那户人家特别好奇。这户人家，院墙很高，密不透风，大门还装饰得像古代王府一样，有一些奇奇怪怪的符咒和八卦镜。林姐每次路过这家，大门都是关着的，虽然感觉奇怪，但也没放在心上。直到有一次又路过时，发现院里冒烟了。

开始，林姐以为他家着火了，跑过去一看，好家伙，只见这位神秘邻居——男的，在院里摆个火盆，身着道袍，手持桃木剑，嘴里振振有词。看到这一幕，林姐明白了，敢情这位邻居是个道士。

没过几天的一个夜里，林姐看见这位邻居开了一辆小面包车停在门口，从屋里拿出花圈、纸人以及各式各样的殡葬用品装车。林姐心里在想：这是退货？不对啊，没听说过这玩意儿还能退货的。她又探头往院里看，只见院里有两个灵棚，灵棚里还有各式各样的金山、银山（纸糊的，别多想）、小纸人、纸房子。因为之前那次看时院里有烟，林姐没看清，这回看清了，她蒙了——他不是道士吗？这些东西又咋回事？

听到这里，我也蒙了，就插了一句嘴："是啊，难道道士还有副业？"

林姐开始打听这位道士邻居，原来这位道士姓于，人们都叫他老于头。老于头主要是做殡葬生意，祖传的行当——纸扎活。听说老于头有过一些神奇的境遇，是个身怀绝技的高人，村里谁家有人有点“外病”了，都会找老于头给看看。

别看老于头一身本事，没少挣钱，但他有个一辈子的遗憾，就是没有孩子。也不是没有，老于头跟他媳妇刚结婚的时候，媳妇怀孕过几次，但都流产。那个年代，村里人思想都有点落后，老于头也没有时间带他媳妇去医院检查，所以这件事一直是老于头心里的痛。

村里人也都说，老于头做这行业惹上什么不干净的东西了，所以导致他没孩子。慢慢地这件事就成了村里人心照不宣的秘密，当着他的面谁也不提。

在林姐的回忆里，老于头是很喜欢孩子的，看到村里的小孩跑来跑去，总会买些零食、玩具拿过去给他们。有的家长看见了，立马把孩子领走了，说老于头晦气，让孩子离他远点，还把老于头给的东西扔地下，再踩上几脚，啐一口。老于头脸上那个表情特别难受。因为没孩子，老于头的手艺传不出去，他心里着急，生怕手艺失传了，就想在村里找一个知根知底的人，收点学费把手艺教出去。结果不用说，谁也不愿意学。

林姐听说了这个事立马来了精神。她找到了老于头，说想跟着他学手艺。老于头看了看林姐，摇了摇头，他不同意。不同意的原因是怕林姐一个女孩够呛能学会，还有就是怕林姐如果还是单身，以后不好找对象；如果有对象还没结婚，担心因为学这个婚事再黄了。

虽然是东西两院的邻居，但老于头没怎么见过林姐。因为老于头是做白事的，村里人都嫌弃他晦气，所以谁家有事也不会请他去，他只能出去找活干，少在村里转悠。而林姐，除了上班就是照顾孩子，也很少回农村。

林姐说："我结过婚了，孩子都有了，我就是旁边东院那家的儿媳妇。"她还打起了感情牌："您不认识我、不了解我，心里有顾虑，可以理解，但您不认识我公公、婆婆嘛，公公活着的时候是村里公认的大好人，看在公公的面子上给我个机会呗。"

老于头被她顶得没话说了，只能答应："你嘴厉害，希望以后真学上了，也能这么厉害。"

林姐问："这是同意了？"

老于头说："同意，但是你得交 8000 元钱学费，毕竟不是自己家人，不可能白给你手艺。"

林姐提了个条件："学费不能白交，我得知道都学习什么。"

老于头说："扎纸人、花圈的手艺，还有给逝者穿衣，擦洗身体，缝合身体的手艺。"这就是入殓工作的前身，是最基本的活。林姐被老于头的话吓了一跳，她以为就是学纸扎活，从没想过还要和遗体打交道，就说要再考虑考虑。

她心里也是怕的，就和丈夫、婆婆说了这个事。婆婆嘴上说不管，但脸上的表情还是透露着不情愿和嫌弃。还好姐夫一直在鼓励她。林姐问姐夫："你不忌讳我做这个工作吗？"姐夫属于无神论者："咱们没有什么忌讳，这只是一份工作，什么工作都需要有人做。"还同意她交这个学费，让她去尝试。

我问林姐："明明很害怕，是怎么克服恐惧的？是因为姐夫的劝说，还是其他原因？"林姐要我接着听她讲述。

在姐夫的鼓励下，林姐交了学费，开始跟着老于头学习。因为没有经验，也缺乏对殡葬行业的知识，学了差不多将近三年。在学纸扎活的日子里，林姐每天面对的都是纸和扎花圈用的骨架以及假花。那个时候没有鲜花做的花圈，鲜花蔫得特别快，没等卖出去就枯萎了，就用假花做花束。

假花可以在村里批发也可以自己做，为了省钱，林姐又多了一个活，就是自己做假花。这个过程很辛苦，林姐手上经常磨得全是血泡，还有扎花时被铁丝扎得眼儿。

我问她："疼吗？"她说："疼是肯定的，但是结了茧就好了。"我拉住林姐的手，摸到一层厚厚的茧。看来林姐是下了很大决心、吃了不少苦才学下来的。

相比于学做纸扎活的无聊和枯燥，学做遗体美容十分刺激。

林姐跟老于头学手艺和我跟师父学手艺，以及在专业学校学手艺是完全不一样的。专业学校能先给你个硅胶模特让你模拟操作，带你出去见见遗体，包括我师父对我也是这样，会先让你有一个适应和接受的过程。

林姐不一样，如果有逝者家里有求帮忙的，她就跟老于头直接去，说简单点就是直接面对遗体，直接上手，不给任何适应和反应的机会，林姐第一次接触逝者就是这样的情形。

那天，林姐在院里学叠金元宝和扎纸马，也不知道是手疼还是弄错了步骤，元宝叠得不成样，纸马扎得也不好，气得老于头在院里直接撕了她的作品："怎么这么笨呢，很简单的东西怎么就是弄不好，脑袋里在想什么！”老于头这边正骂骂咧咧的时候，那边院门口进来了一个男人。

林姐不认识他，但老于头一眼就认出来了，这男人正是村里一家大户的儿子，他家承包了一座山，山上种些果树之类的。男人看见老于头就说自己父亲快要不行了，他提前来买一些丧葬用品，多少钱不在乎，东西不仅要齐全还要最好的，尤其纸扎的东西最好做得逼真点儿。男人还给老于头塞了一个红包，想让老于头在他父亲去世后帮忙擦擦身子、穿个衣服什么的。

男人走了，林姐和老于头开始着手张罗给这位老爷子的生后用品。正张罗着呢，男人又回来了，说让老于头先过去帮忙穿衣服啥的，说着就把老于头往车上拽。老于头让他先回去，说一会儿他把灵棚等东西一并带过去。男人不走，就在门口等着。老于头回头看看林姐，大概想带她去，但这是林姐第一次接触逝者，怕她不行，但不带林姐去又该怎么教她呢。纠结了半天，老于头让林姐把寿衣、纸人拿着，跟他去给老爷子穿衣服。林姐傻了，但也只能乖乖跟着老于头去逝者家里。

虽然都是一个村的，开车过去也就几分钟的路程，可林姐却感觉像过了一个小时那么长。一路上，她满脑子都在想逝者会是什么样。当初母亲去世的时候，她父亲考虑到她小就没让她去，而父亲去世时她又没赶上，所以她也不知道逝去的人是什么样的。

林姐说："当时我心跳过快，手心里都在冒汗，不怕别的，就是那种对未知的恐惧。"

很快，林姐就见到了她的第一位顾客，林姐说可能是因为刚咽气，老爷子看上去就像睡着了，也没她想得那么可怕。但毕竟是第一次，林姐心里还是恐惧的，她感觉像掉进了一个黑洞里，这个黑洞里只有她跟那位老爷子，旁边老爷子的家人、朋友，还有来做包席的那些人，以及来来往往嘈杂的声音都被她忽略掉了。

老于头看她愣住，就一直喊她，可她还是没反应。这可给老于头吓够呛，"啪嚓"给了她一个大嘴巴子。这一巴掌把林姐打回了现实。老于头问她："想啥呢，干活啊！"

林姐点了点头，就开始给逝者脱衣服。除了擦身子这个过程手抖、额头冒汗，其他都挺好，但到穿衣服环节出问题了。也不知道是因为太紧张害怕了，还是给老爷子准备的寿衣本来就不合身，"刺啦"一声，林姐把寿衣扯破了。老于头也很无奈，只能回家又拿了一身寿衣帮着林姐一起给老爷子穿上了。

老爷子这边都处理好了，他们师徒俩又抓紧回家扎纸、叠元宝，这些东西一多半都是老于头做的，因为那个男的交代了，要求逼真。等把东西送过去的时候，唱二人转的戏班子也来了，吹拉弹唱挺热闹。

根据规矩，老爷子停灵三天就可以火化了。没想到把老爷子火化完，他儿子不知道从哪弄来一辆车，后备箱的盖上和旁边都穿插贴满了黄白色的小花，后备箱是打开的，里面摆放着老爷子的骨灰盒和一张被放得超级大的遗照。老爷子就这么被他儿子开车拉着又满村转了一圈，虚荣心得到了满足，才被送回去安息。

林姐说顾客中令她印象深刻的，是一位 2008 年去世的小姑娘。她记不清小姑娘叫什么了，只记得那年刚开春，天气还很冷，早上她刚到老于头屋里正围着炉子取暖呢，老于头就接到了一个电话，然后跟她说要去一趟火葬场。

到地方后，林姐发现要服务的顾客是位很漂亮、很时髦的小姑娘，但是身上布满被刀捅的伤口，特别是背部。

林姐从其他人那里知道了事情的大概。这姑娘因为长得好看，有大批的追求者，其中有一个变态，想跟她发展男女朋友关系。姑娘明确拒绝了，但变态不死心，对她死缠烂打。最终，姑娘受不了了，不但当着变态的面把他送的花扔了，还给了对方一个嘴巴子，说："别妄想了，跟谁也不可能跟你。"结果，变态趁天黑，偷偷摸摸把姑娘住的那栋楼的一楼和二楼声控灯的灯泡拧了下来，他隐藏在两层楼的楼梯空隙下。姑娘晚上回来见灯不亮也没多想，可还没等她上楼呢，生命就结束在了楼道里。

当时，变态从背后捂住了她的嘴，把她往外拖。姑娘应该是害怕，出于本能反应使劲儿挣扎。变态怕她闹得动静太大，冲她后背疯狂捅刀，伤口有的深有的浅。姑娘倒下后，他又怕姑娘没死喊救命，又在姑娘胸前疯狂补了几刀。变态杀了人刚准备走，二楼的一个老太太正好拿着手电筒下楼，结果就看见了倒在血泊中的姑娘。

老太太被吓蒙了，也可能是因为眼神不好，楼道里太黑她没看见变态，就大喊"杀人了"，这一嗓子给变态也吓一跳，他就像杀红了眼似的，拿刀就要把老太太灭口。没等他动手呢，其他邻居听见动静都跑出来，有人报了警。变态没跑多远，就被警察抓住了。

林姐师徒俩开始给这位姑娘做缝合，但那个时候不像现在流程这么复杂，简单给伤口消个毒，然后便开始缝合。最后穿衣服、穿鞋，整理仪容。

林姐说，那一年很奇怪，杀人、纵火、车祸、自杀去世的人不少，她跟老于头没少往殡仪馆跑，不夸张地说有时候一天三次。

2009年，林姐从老于头那里出师了，然后就来到了我们现在这个殡仪馆。她刚来时，这里看上去跟倒闭了差不多。屋里破破烂烂的，火化大厅的墙皮也脱落了，连个员工宿舍都没有。后来，大家研究半天，把车棚给拆了，改造成了一个临时宿舍。天气好的时候，屋里还好一点儿，下雨的时候屋里面总有小虫子，还有一股霉味。

除了环境不好，所有工作人员加起来不到20人，对内对外都招聘过，但没有什么人来。能来上班的大多数都是单身，什么也不会，只能在这里值个夜班，搬搬遗体，给没人认领的遗体做一下登记。他们愿意来的原因很简单：一个人吃饱全家不饿，在这个地方有吃有住，还有工资，没事还能有人说说话，比自己一个人或者去其他地方工作好太多。

刚开始，林姐跟我们殡仪馆是合作关系。她在里面负责给逝者扎花圈、纸人，提供寿衣（寿衣从老于头那里拿），挣的钱每个月跟殡仪馆四六分成。除此之外，林姐还有了一个大胆的尝试，就是用鲜花做花圈，现做现卖，但是买的人不算多。后来才知道，其实真花假花都无所谓，没有人在意。

一年之后，因为有不少人投诉殡葬不人性化、火化不方便等问题，馆里就争取到了资金，进行了重新修整。修整之后，政府还要求殡仪馆的服务更完善，要提高服务质量。馆里实在没有办法了，就开始招聘，印了很多广告，贴在公交车站站牌上或者电线杆上。但纸不大，字也小，像我这种近视眼不仔细看根本看不清写了什么，效果可想而知。只要有打电话来咨询的，馆里就连哄带骗地把人先骗来干活再说。这就是为啥我在岁数小，没有学历的情况下，还能有一个在馆里学习的机会——因为缺人，只要胆子够大，想干、能干，就可以留下来。

林姐是殡仪馆招聘来的第一个遗体美容师。她说当时被坑得够呛，那会儿就她自己，忙不过来不说，有紧急送来的遗体，需要丧葬用品的，她还得帮着跑前跑后。那段时间，家里的事她照顾得都很少，但好在有姐夫支持她，帮她分担。

后来情况逐渐好起来了，馆里才陆续招聘到四位遗体美容师，两男两女，其中有一个就是我师父。再后来，我师父又陆续收了三个不好学的徒弟，殡仪馆里开始热闹起来。慢慢地，殡仪馆又添加了执宾、插花师，火化师也增加了一位。

人员增加后，服务也开始升级，像林姐和我师父都会基础的遗体美容，但不那么专业，于是开始要求她俩像专业人员那样做服务。

除了基础的工具，殡仪馆里又添加了现代化的仪器——抽干血液和空气用的，还加入了防腐的服务。就这些东西，林姐和我师父摸索了好几个月。林姐虽然不直接带我，但她教出了许老大。说起来，我学到的手艺，都是林姐教给许老大的。

这次跟林姐聊完，我们很长一段时间都没有再聊。她要上班、照顾家里，我也要继续投入到更忙碌的工作和学习中。

2015 年冬天，我遇到一个小男孩，家人为了弄清楚他是怎么去世的，不惜请法医对他解剖鉴定。小男孩被送到了殡仪馆时，看着瘦瘦的，头发又黄又稀，身上还有淤青和烟疤，他叫童童。

童童的父母跟我的一个大哥是朋友，之前我和童童父母就认识，当时我12岁，童童还在妈妈的肚子里。没想到再见到童童，却是以这种方式。

送童童来的是他的姥姥。姥姥还花了不少钱请法医做了尸检，尸检报告显示：身上有多处伤疤，长期饥饿，生前胃里没有食物，是营养不良导致的死亡。换句话说，童童生前遭受了虐待，是饿死的。很难想象，这个6岁的孩子在生命最后的时刻经历了什么。但我知道，要尽力让童童走好，于是我就和师父一起给童童做遗体美容。

师父在处理童童身上的烟疤和淤青时，本来想把身上的烟疤都刮掉，但怕把皮肤弄坏，就选择了用颜料去遮盖烟疤，接着又把那些淤青也都遮盖了。我跟师父很有默契，都想把童童生前的伤痕遮盖、伤痛抹去。

我负责把童童青紫色的嘴唇涂上颜色，把他被法医解剖开的肚子给缝上。但我缝得不好看，缝完之后就像一张做错的卷子，全是“×”号。接下来就是给童童穿衣服，他的指甲有点长，脚趾缝里还有泥，我都给处理干净了。

“都处理好就火化吧！”童童姥姥说这话的时候眼里全是泪水。“这真是造了孽了。”她走到童童跟前：“宝啊，别怪你妈妈，姥姥替你妈妈给你道歉，她做这些都不是冲你。也怪姥姥，想着你那么久没见妈妈了，跟妈妈你能开心点，没想弄成这样了……姥姥对不起你啊！”说完，她又哭了起来。那一刻我心里特别难受，想过去安慰她，但害怕再提起一些话题会让她难过，就默默地在一旁陪着她。

因为想弄明白童童的事，也想知道印象里温柔的李淼——童童妈妈，为什么变成了这样，我私下求家里大哥好久，让他带我去戒毒所找李淼，每次 15 分钟，李淼分两次给我讲了她和童童的悲剧故事。

李淼 17 岁那年就从老家跑了出来。刚进城时，李淼想去饭店上班，人家嫌她岁数小不用她。后来她就去了歌厅当服务员，在那里认识了童童未来的爸爸——刘崇峰。

一开始，刘崇峰只跟李淼处着玩，没想结婚，后来两人意外有了童童，就领了结婚证。结婚后没几个月，童童还没出生时，刘崇峰可能是没做好当父亲的准备，就跑了，一跑就是一年多。李淼本想打掉孩子起诉离婚，但这时童童在肚子里都 8 个月了，她不忍心。

童童一岁多时，刘崇峰居然回来了，见打算离婚的李淼软硬不吃，他就去老丈人家里抽自己大嘴巴子忏悔，说自己不是人，还说自己没跑，这一年多是挣钱去了，想着挣了钱让他们娘俩过好日子。两位老人觉得孩子没爸爸太可怜，女儿一个人带大一个孩子太辛苦，最终心软了。

后来，刘崇峰挣了点钱，就开了一家小旅馆，李淼他们一家三口也住进了进去，旅馆生意很好，维持他们生计足够了。

那几年我们这里搞婚外情的、赌博的都爱去这种小旅馆。旅馆楼上那层没在工商局注册过，真出点儿什么事，警察查起来，就说旅馆和楼上那层都是房东的，自己只租了楼底下这一层经营旅馆。

但这样的好日子没过多久，随着检查越来越严厉，小旅馆的生意慢慢变差了，陷入了入不敷出的境地。赶上童童上幼儿园了，一家人维持生计都费劲。

后来刘崇峰找了个班上，但去了几天就嫌累。不久之后，他迷恋上了一个语音聊天室的软件和一个当时特别火爆的枪战游戏，索性干脆不上班了，就在家躺着玩游戏。没钱花了就给老丈人打电话骗钱充游戏，也不跟李淼说实话。时间长了，谁也不愿意过这种日子，夫妻二人就开始爆发矛盾。2013 年，两人终于离婚。由于李淼没有工作，孩子就归刘崇峰抚养，李淼给孩子每个月 500 块钱生活费。

没离婚时，刘崇峰就认识了一个做生意的广西女人，离完婚不到一个星期，他就去广西跟这个女人生活了，几乎不管童童。后来，干脆把童童扔给了奶奶，一走了之。但奶奶也不喜欢这个孙子，童童连吃块肉，都会被打手。

刘崇峰还四处借高利贷，跟朋友借钱，这些事都是他们俩离婚后，债主找不到刘崇峰去李淼家里闹时，李淼才知道的。

童童聪明，偷偷给妈妈打电话，让妈妈去接他回来，之后李淼就和刘崇峰商量童童抚养费的事，刘崇峰说："没钱，你愿意带就自己带着，别找我，更别找家里其他人。"李淼傻眼了，没有抚养费，她一个单身且没有工作的女人能怎么办？最后只能把童童托付给自己的妈妈，一个人去北京打工了。有时候，童童幼儿园的学费和日常开销都是童童姥姥出的。

可李淼在北京挣不了多少钱，北京东西还贵，给完童童就不剩什么了。这时候一个同事跟她说南方发展机会多，比如大理，能挣大钱，她想也没想就跟这个同事去了大理。在大理，李淼一样挣不到什么钱，她心里着急还没办法，这时候之前的同事就劝她去陪酒，说只坐台不出台，能挣得多点。李淼一开始拒绝了，觉得再苦再难，自己都不能去做那种事。

有一次，童童突然得了重病要用钱，她拿不出来。现实面前她不得不低下头，无奈之下她去坐台了，挣的钱大部分都拿回家给童童治病。

出台后没过多久，李淼遇到了一个差点儿把她坑死的男人。这个男人天天去点她的台，给她买东西，各种攻势下，李淼就同意跟他在一起了。刚在一起的时候，什么都是好的，男人还跟李淼回过老家，假模假样地对童童好，给童童买好吃的。家里人看男人对自己外孙和女儿都好，也就接受了这个准女婿。

2014 年冬天，李淼提前下班，到家之后发现男人带了一个女人在家鬼混。李淼没跟他闹，只是让这对狗男女滚出她租的房子。男人开始哄李淼，说是那个女人勾引他的，他喝多了才犯了错误。历史性的一幕又重演了——像当年的刘崇峰似的，男人跪在地上抽自己大嘴巴子，说自己做错了，以后不会了。最后，李淼还是心软了，她觉得自己在那种不好的地方上班，也得有一个能保护自己的男人才行，就选择了原谅他。但这个一念之差，造成了后面的悲剧。

原来，男人是个瘾君子。为了吸毒，他每次都会找像李淼这样好控制的女人当女友，让她们挣钱供他买毒品。

更过分的是，后来他偷偷找了一个机会，让李淼在毫不知情的情况下也沾染上了毒品。

随着毒瘾慢慢加重，李淼这才反应过来自己被骗了。她不知道离开了这个男人，还能去哪里找到毒品，只好对这个男人言听计从，还把坐台赚来的钱都用来买毒品，没有多余的钱给童童了。

后来，她开始觉得自己这些年太苦太累，逐渐放纵自己，吸得越来越多，坐台挣的钱已经供不上他们两个瘾君子了。李淼只能又开始出台了，就是为了能换一口毒品。

有一次，李淼得罪了客人，没拿到钱，男人知道后，动手打了她，还说："你这样的话，以后还怎么上班？瘾上来就自己挺着吧！"说完就摔门而去，再也没露过面。李淼彻底明白过来——这个男人根本没爱过她，只不过把她当作一个赚钱工具而已。

她想戒毒，毒瘾犯了就拿脑袋撞墙，挠自己，甚至用刀划自己，可都没坚持下来。最后，李淼又回到了原来上班的地方，想碰碰运气。有人给她指了一条路——以贩养吸。不用她露脸，只需要把毒品装在信封里或者快递箱里，然后送到指定地点，就会有人去取。一次能赚几千甚至一万元钱。李淼没有犹豫。

李淼挣了几次钱也没被抓住，胆子开始大了起来，甚至觉得自己有这天赋。但没过多久就出事了。当时，李淼得知毒贩那边的一个马仔被警方抓获了，她怕死就跑回了东北，还把儿子接回了家。

刚开始，没犯毒瘾的时候，李淼对儿子还挺好的。但后来，由于挣的钱不够她吸，毒瘾上来时，她难受得无处发泄，就开始折磨儿子。由于一门心思想着毒品，儿子能不能吃上饭，她也不在意。

再后来，听云南那边的人说毒贩落网了，李淼害怕被抓，就把童童扔在屋里，自己悄悄跑了。到车站之后，因为神情、举止怪异，她被送去强制戒毒。但从始至终，她这个当妈妈的，对于屋里还有一个孩子的事只字未提。

童童姥姥本来想着女儿那么久没见孩子，让他们母子二人好好待几天。但后来，女儿的电话怎么也打不通，她不放心，跑到女儿的住处一看，才发现童童已经没有了呼吸。

尸检报告的结果，让童童姥姥没办法相信自己的女儿怎么会对自己身上掉下来的肉，做出这么不是人的事儿！

给童童入殓时，看着他身上的淤青和烟疤，我想童童生前的最后几天，可能是李淼毒瘾发作最抓狂、最煎熬的时候。无法想象，李淼是怎么忍心一次次向童童挥起拳头的，又是怎么忍心一次次在童童瘦弱的身躯上摁上烟头的。童童这个可怜的孩子，除了害怕可能也想不明白自己到底做错了什么，惹得妈妈突然对他做出这样的事。妈妈刚回来时，还带他买新衣服新玩具，带他去吃汉堡，怎么现在骂他、打他？还让他不许哭。已经好几天了，妈妈去了哪里？为什么让他自己一个人在家？

我去戒毒所找李淼时，她都不认识我了，想了好久才认出来，说："这么多年没见，你都这么大了。"她还跟以前一样瘦瘦的，但是身上自残的那些疤痕看得我触目惊心。因为吸毒，她整个人显得十分憔悴。我劝她把关于毒贩的消息都说给警察，争取宽大处理，她一副无所谓的样子，说："交不交代也都是等死，不在乎了。"

随后，她又说："我恨，恨所有人，恨刘崇峰在我最无助的时候跑了，而我只能生下童童。他离婚后不管童童，如果不是他刘崇峰一家把事情做得太绝，逼得我带孩子没有活路，我都不至于这样。"我说："可你做这些之前，还是要为童童考虑一下。"她愣了一下，问我："是不是童童出事了？"那一刻，我看到她脸上闪过一丝紧张。我只是告诉她："孩子在医院输营养液呢，你好好改造，争取有跟童童团聚的那天。"听到这里，她就落泪了，坐在椅子上，没说话。

我骗了她，怕她知道真相后受刺激，不配合交代，更怕她在里面自杀。之后，她被送到云南了，先是被判了死刑，后来改成了死缓。具体更多的事，我就不知道了。

对于李淼，我觉得可气又可悲，她自己做错了还把责任推给别人，其实好多事情都在她一念之间。最可气的是，她虐待童童，怎么能把自己所有一切的不幸，都赖在孩子身上？童童做错了什么？为什么要承担这样的家长不负责任的后果？童童之死背后的极端无情与残忍，现在想起来还让我一直心寒。

当然，我不是圣人，也能理解她一个单亲母亲独自抚养孩子的辛苦，但她明明有及时改正错误的机会，却还是偏执地选择了错误的道路。

比起童童，林姐的儿子是幸运的，虽然出生时就患有脑瘫，但在林姐和姐夫的悉心照顾下，经过不间断的治疗和锻炼，已经慢慢成长为一个能自理的孩子了。爸爸去世后，他成了林姐最大的精神寄托。但是，上天并没有眷顾这对母子。

一天中午，林姐去食堂打饭，笑呵呵地跟食堂师傅说："今天饭菜挺好，拿回家去我儿子肯定爱吃。"食堂师傅也笑着回应，让她多拿点回去，还给林姐多盛了两个大肉丸子。林姐正装饭盒的时候，有个人跑过来跟林姐说，有人找她，电话都打到单位来了。我让林姐先去接电话，饭菜我帮她装好，她接完电话再回来取就是了。

过了一会儿，林姐着急忙慌地跑回来了。我走过去跟她说："林姐你的饭我都帮你……"没等我说完，她就说她要请假，这几天不来了，让我或者其他同事跟领导说一声，说完就跑出去。我当时差点没反应过来，想把饭盒给她，就追了出去，没想到她跑得太快，已经取了自行车骑远了。什么情况？出什么大事了，饭都不吃了饭盒也不要了？她不吃可以，儿子也不吃了吗？

吃完午饭，我去工作间里跟师父说了刚才发生的事，还问师父："咋跟领导说呢？领导不得生气啊，这一年老请假。"师父说："领导知道林姐家里情况不好，所以对她比较宽容，而且就算林姐不来，还有这么多人能干活呢，只要不耽误事，领导不会生气。"

因为家里情况特殊，林姐晚上从不值班，我以为又要好久见不到林姐了。没想到，当天晚上，她破天荒地来单位了。我上前想问问她情况，但她没搭理我就去工作间找我师父去了。进去之前，她还回头跟我说："小四，我跟你师父有话说，你就先别进屋了。"说完就顺手把门关上了。

我在外面充满好奇，就顺着小窗户往里面看看她到底要干什么。只见她跟我师父越说越激动，眼泪都出来了，最后还给我师父跪下了。我瞪大了眼睛——出大事了！见林姐这样，我师父拽着她的胳膊一下子把她拉了起来。林姐又双手合十，给我师父鞠了一躬，好像是在跟我师父说谢谢。

过了一会儿，她俩出来了，师父说："我跟林姐有点事出去一趟，今天晚上估计回不来，你自己好好待着。""知道了，你们放心去吧。"我没多嘴，虽然不知道到底怎么回事，但肯定是出事了，还是着急的大事。

第三天早上，师父愁眉苦脸地回来了。我冒着被骂或者被揍的风险，上前试探地问她："前天晚上，发生什么事了？""老天爷怎么就这么瞎呢，怎么能逮着一个软柿子就可劲儿捏呢？"师父没头没尾地说了这么一句话，我本来就不知道怎么回事，这下更蒙了。我跟师父急了，说："怎么了，到底怎么了啊，有话痛快说行不行，听你说话能急死人。"师父瞪了我一眼，接着说："林姐的儿子可能要不行了。”

出事的那天中午，林姐的儿子和村里几个跟差不多大的小孩一起玩。但那几个孩子嫌林姐的儿子跟他们不一样，就合起伙来欺负他。过了一会儿，不知道怎么的，林姐的儿子就掉河里了。那河虽然看起来不大，但水却挺深。几个小孩子看有人掉河里了，就赶紧跑回家找大人去了。村里的大人有人下河捞人，有人给林姐打电话，打林姐手机没人接，就打到单位去了。接到电话后，林姐就慌忙跑回了家。

那天下午，林姐发现孩子一直状态不对，还有点发低烧。林姐想着儿子可能是掉水里给吓着了，吃了点退烧药应该能退烧。到了晚上，孩子没退烧，林姐想着让他吃点饭，再吃点药，或者去村里诊所扎一针就能好。但小孩子生了病就蔫了，哪还能吃得进去饭？林姐强喂了儿子几口粥后，打算去拿药，趁拿药的工夫，儿子就把刚刚吃的粥全吐出来了，还全身抽搐。这可把林姐吓坏了，赶紧抱着孩子去了医院。

到了医院，大夫说可能是急性脑膜炎，得让楼上的儿科大夫看，还让林姐交押金办理住院手续。林姐问一下要交多少钱，大夫说至少得 3000 元钱。林姐去得急，兜里只装了1000元钱，想着在医院打针够用了，没想到大夫会告诉她，这是个急病。

怎么办？如果回家拿银行卡去银行取钱，再回到医院，那得折腾到什么时候，干脆直接借吧。她就掏出手机给我师父打电话，可偏偏她那破手机还卡得要死。没办法，她让大夫帮忙看着孩子，就打了个车回单位跟我师父借钱去了。

折腾了一大圈，浪费了不少时间，林姐跟我师父回去的时候已经晚了。大夫说，已经错过了最佳治疗时机，孩子能活下去的概率很小。

听到这儿，我震惊了，无语问苍天：林姐的丈夫才去世多久，她儿子就又出事了。电视剧都不敢这么演。

“不会有事的，小孩子都皮实，而且钱也交了都治上了，也用药了，孩子能好起来。”我在心里默默祈祷，希望林姐的孩子能好起来。

又过了三四天，林姐来单位了，看起来面容更憔悴了，白发也突然变多了，表情特别呆滞。跟她一起来的还有她儿子——在林姐身边躺着，身上盖着白布。我终于明白怎么回事了，心被紧紧地揪了一下。

我和我师父帮林姐把儿子推到了她的工作间，就退了出来。我们俩像一年多前那样在门口站着看她干活，只不过这次她入殓的人换成了她儿子。

林姐缓缓揭开儿子身上的白布，摸着他的手，嘴唇微微颤抖，声音哽咽地跟他唠嗑："真没想到，你会以这种方式来到妈妈工作的单位，见证我的工作。等会儿妈妈给你洗洗澡，剪剪头发，再穿一身好衣服，让你干干净净地上路。你在那边还有什么想要的，记得给我托梦。没有想要的也要托梦，记得带着爸爸多回来看看我。"

师父仰着头不让眼泪流下来，那一刻她被触动了。我告诉她："挺住，一会儿还得安慰林姐呢。"这一年多，不到两年的时间里，林姐先后送走了自己两位至亲，心里肯定很难受。

林姐憋着一口气给儿子入殓完后，除了要在殡仪馆上班，还要抽时间回去伺候瘫痪的婆婆。我打心眼里佩服她，别说是我，就换成谁都不一定能做到她这样。

入殓后的那三天时间里，林姐的眼睛一直处于充血的状态，多少次她想哭，但都控制自己不让眼泪流下来，她要好好陪儿子。说说话，再拿出笛子吹给儿子听，吹累了，把之前买的童话书拿出来给他讲故事，语调特别温柔。

每一次经过她工作间的门口，我都想进去抱抱她，安慰她。可真的要进去的时候，我的手都停住了，觉得那扇门特别重。最后，还是把这有限的相处时间留给她母子俩吧。

儿子被火化之前，林姐的表情一直都是呆滞的，但当儿子要被推进火化间的时候，林姐突然情绪爆发了，眼泪决堤而出，一边拽着火化室的门一边喊：“儿子别走，别扔下妈妈！”

同事们把林姐拽到家属等待区的椅子上，让她坐着平复心情。她在椅子上哭了一会儿，开始抱着孩子遗像发呆。我和另一位同事试着安慰她，想分散一下她注意力，但她就在那静静地坐着，等着领儿子的骨灰。

林姐给孩子烧纸的时候，是我陪着她去的。到了墓地之后，她拿出了前几天连夜给儿子扎的一堆纸玩具、纸房子以及一年四季需要的纸衣服，还有两袋金元宝，其中一袋是给姐夫准备的。林姐一边烧纸一边跟姐夫说：“我对不起你，没照顾好儿子，这回儿子找你去了，你在那边多照顾着点，别让他再被欺负了，我在这边会照顾好自己和婆婆的。”

儿子走后很长的一段时间里，林姐闲下来的时候，都会站在暖气旁吹笛子，吹的是一些童谣。她想儿子了。

领导知道了林姐的情况以后，还给林姐组织了捐款，但是林姐并没有要这笔钱。第二天她早早去食堂把大家的饭盒拿出来，按照捐款本上每个人的捐款数目，放到了饭盒底下，就默默地下班回家了。

等同事们去食堂吃饭的时候，看到饭盒下面的钱都沉默了，不知道该说什么。林姐总是这样，不爱麻烦大家，不想欠大家人情，天塌下来了，她都自己默默扛着。

半年以后，林姐突然主动来找我，问我："小四，想学吹笛子吗？"我愣了，差点没反应过来，就跟她确认："是要教我吹笛子吗？"林姐笑着点了点头。我也疯狂点头："愿意！"

但我没什么音乐细胞，吹得太差，师父嘲讽我："小四可以啊，吹得挺好，跟放屁没差啥，再努力就能学会打嗝了。"

笛子学不会没关系，林姐让我挑一样我喜欢的乐器。我说："我喜欢吉他，你能教我吗？"她说，其实她也不会吉他，但如果我想学，她可以一边学一边教我。

林姐跟师父商量给我买把吉他的事，师父说："没钱，不给她买。吉他那玩意儿多闹人，在殡仪馆玩什么乐器。"

林姐说她抠门，又不是电吉他，就算是电吉他也不插音响，再闹能闹哪去。我师父还是不同意。

可是既然开了这个头，不让我学我还不乐意呢，于是就又拿出了当初逼她收我做徒弟时的那套——各种软磨硬泡和撒娇来对付她。最终，我师父受不了了，骂骂咧咧地给林姐拿了钱，让我们俩买吉他去了。

吉他买回来后，林姐下午没事的时候，总会抽出一个半小时教我。有时候，我跟林姐待的时间有点长了，师父还跑到林姐工作间门口嚷嚷："许小四，你是谁的徒弟啊，长这屋里了啊，你回不回屋，不回去我不要你了啊！"林姐在那咯咯笑着说："快回去吧，有人吃醋了。"这是她丈夫、儿子走以后，我第一次见她笑。然后，她就下班回家照顾婆婆去了。

林姐的婆婆怎么会瘫痪呢？后来林姐跟我说，当初她在老于头那里学习的时候，有一次，她婆婆下地去倒泔水桶把腰抻了，在炕上躺了几个月，虽然腰疼，但是吃了药的话还能自己下地走走。林姐和姐夫那段时间都很忙，姐夫的单位正好赶上一年一次的大检修，就没把老太太腰疼的事放在心上，更没有及时带老太太去医院检查，结果时间一长，竟然瘫痪了。

婆婆瘫痪以后，林姐就单位——家——婆婆那里“三点一线”来回跑。但林姐毕竟是个女人，长时间这么折腾，她也扛不住。她跟丈夫商量，想把房子卖了，全家搬回农村住，姐夫不同意。最后，两人各退一步，把房子租了出去。他们一家三口就搬回了农村，跟婆婆住在一起。这样林姐照顾起来能方便一点，家里每年也能多出来一份租金收入。但这些钱都没攒下，大部分都给儿子和婆婆看病花了。

回老家住的这段时间，姐夫单位的主任退休了，而姐夫是老员工，就接替了主任的位置。升职以后，来巴结姐夫的人多了起来，小小的农家院里，每天晚上都很热闹。姐夫的酒局越来越多，晚上回家也晚了，但林姐没有抱怨。姐夫不管回来多晚，永远都有林姐和蜂蜜水在等着他。

林姐刚到殡仪馆上班时，挣得不算少但也不算多，但姐夫挣得比之前多很多，儿子说话和走路也一天比一天好了，婆婆的身体也慢慢好了起来。家庭和工作都步入了正轨，这么多年日子可算好起来了，就在林姐以为一切都有了奔头的时候，生活又无情地甩给了她一个大嘴巴子。

有一天，林姐发现丈夫的脸有点黄，就让他有空去查查。因为工作忙，姐夫一直拖着没有去，这一拖就拖到了单位组织的每年一次的体检。体检结果出来以后，大夫说姐夫可能有肝炎，脾还有点肿大，建议姐夫戒酒，抽空再到市内的医院做一个详细的复诊。

姐夫没放心上，也怕林姐担心就对林姐撒谎说自己只是有点炎症，吃点消炎药就行。他怕突然戒酒林姐会怀疑，就没戒酒，只是喝得少了。但他俩做了十多年夫妻，而且他的脸还蜡黄蜡黄的，说他没病，鬼都不能信，何况是林姐。

后来，林姐硬拽着他去了医院，复诊报告很快就出来了，结果显示姐夫已经到了肝硬化晚期，再拖一阵就要变成肝癌了。知道结果的当天晚上，夫妻俩在炕上都没睡着，灯亮了一夜。

姐夫搂着林姐说："我不想治了，想在单位办辞职，把家里的房子卖了，拿着钱带着你和孩子去旅游，等我走了以后，剩下的钱留给你生活。"还说："你跟了我这么多年，太苦了，没过过一天好日子，我对不起你。"

林姐靠在丈夫怀里流着眼泪说："我从来不觉得日子苦，有你在我每天都是幸福的。"

她劝姐夫积极治疗，只要有希望就不要放弃，还说即使辞职，姐夫单位也不同意，顶多是让姐夫从主任位子上退下来，给假期让他先养病。最后，姐夫没犟过林姐，两人最终把房子卖了，向各自单位请了长假。

请假在家的日子，林姐也没闲着，一边照顾婆婆，一边陪自己丈夫治病，没多久积蓄就被掏空。即使这样林姐也没向任何同事借钱，也没有从单位预支工资。因为师父跟林姐关系最好，偷偷给过她钱，还用塑料袋包好，悄悄放在她的紫色布兜里。她一猜就知道是我师父给的，说什么不要，但没赢过我师父就收下了，还说保证会还钱。我师父没说话，她不会要这笔钱的。

姐夫去世之前，还跟林姐说："我感觉自己好多了，等我彻底好了，就跟单位辞职，去你们单位开车。你陪了我这么久，这次换我陪你。我还要攒钱，带你去旅游，重新跟你拍一套婚纱照。"林姐说："我啥也不要，只要你好了就行。"我默默听着没说话，不知道该说什么，有时候做一个安静的聆听者也挺好。

林姐从来没想过孩子也会离开她，这两年的日子就像做了一场乱糟糟的梦，梦醒了以后，家里就剩下她和婆婆了。

她说，现在就好好伺候婆婆，等婆婆百年以后剩她自己了，她就可以退休了。丈夫和儿子先走了也好，谁先走谁享福，两眼一闭所有的痛苦都烟消云散了。

来不及说再见

许老大一直带着我，想办法让我尽可能多地入殓一些遗体，尤其是破损的。这期间，她也会在晚上总结我这一天的工作，给我讲解怎么倒膜做脸皮。

当初用粉上妆的技术升级成油彩了，用油彩上妆确实能更好地贴合遗体；倒膜的技术也升级成了 3D 打印技术（但我们所在小城市落后，我没学到这个）；运遗体的灵车，由原来一次只能运输一具遗体升级成能同时运输四具遗体；火化位由 3 个变成了 5 个。

时间一天天地飞速流逝，我都开始带徒弟了。

记得那是个下雨天，馆长突然召集我们几个入殓师开紧急小会，说过几天会来七八个应届生，让我们各自挑喜欢的带着实习。我还琢磨这跟我没什么关系啊。

师父说："今年学生你带，我才不要呢！"这句话给我搞蒙了，她怎么耍性子还不分时候呢，我带新人？我就一夹生米饭，半生不熟的，我表示“拒绝”。刚说完，我的后脑勺就被师父捶了一下，脑袋嗡嗡的，她让我“别废话，服从安排”。这一下给我捶得眼冒金星，我更不乐意了，说：“干啥啊，这都3年多了，咋还打我呢？”师父给了我一个眼神。我立马改语气了，说：“打得好。”

回到工作间后，我愁眉苦脸的，心想：我带新人，怎么带？如何带？能不能像我师父收拾我似的收拾他们呢？

林姐看在眼里，跟我师父说：“许老大，你看这日子过得多快啊，这一晃我们俩都要奔50岁了。再看看当初那个谁都看不好的小丫头，这几年干活也开始稳重了，说话啥的也没有那么毛躁了。如今都开始收徒弟了，这就算正式出徒了。”听到这些话，许老大肯定心里很得意，但嘴上却死不承认地说：“她稳重啥，还是那个样，天天耍贫嘴，气人。”

林姐说：“行了啊，也就她吧，换成别人早就跑了，就你暴力教育徒弟那套，换成谁也吃不消。”我师父说：“这倒是，她就这点好，怎么打骂都不跑。”林姐说：“这小丫头聪明着呢，怎么想，怎么做，她自己心里都有数，不用刻意要求她。”我在一旁偷听到这些话，心里美滋滋的，这是这两个女人第一次承认我，第一次夸我。

后来，师父专门找我聊了会儿，说："小四，你出师一年多，带学生确实不够格。但你还想依赖我多久呢，总有这么一天的。"我明白了，她这是要对我放手，想让我自己成长，自己去闯。师父接着说："全过程我都会帮你兜底，只要你不打人。"说完摸了摸我的头。

没过几天，我就见到了学生们，在吊唁厅里齐刷刷地站了一排。稚嫩的脸上，洋溢着青春气息，眼神里充满了对这份工作的期待。看着孩子们自信的样子，我心想：如果他们知道接下来要面对的事，估计就不会这样了。

我的第一个学生是小王，我问他："在学校都学什么了？"他说："学过火化、迎宾，还有遗体美容，但没实操过，只摸过硅胶模特。"我又追问："怎么想着要做遗体美容师呢？"他说："学校分的，我没有选择的权利。"我跟他说："明天开始，你会和其他人一样，先去看那些刺激视觉神经、直接冲击大脑、不是普通人能接受的遗体，这关要是过了，就没啥问题了。如果中途有任何不适，都可以考虑离开。"交代完，我又带他在殡仪馆里转转，熟悉一下环境。

中途，小王问我厕所在哪里。我指了指外面，那个黑了吧唧，像黑洞似的小屋。他瞬间瞪大了眼睛，问我能陪他去吗？我说："我咋陪，性别不允许啊，自己去吧。"他叹了口气，自己去了，最后是跑着回来的。

第二天这批学生看完遗体回来，就和我当初一样哇哇吐，脸色极差，还有几个在回来的路上，就下车跑了。小王也吐得不行，我像师父刚开始对我那样，也给他倒了一杯水，拍了拍他，问："怎么样，还能坚持吗？"他没说话。我说："别硬撑，我也不会逼你的。"他说："需要适应，给我点时间。"我说："那去吃午饭吧。"结果他一点没吃，坐在那里耷拉个脸，不知道在想什么。

坚持了将近两个星期，他还在吐。我说："都俩礼拜了咋还吐呢，看遗体都是上个礼拜的事了，要不先回家养养吧。"我承认我的话里有赶他走的成分，心想他一个男生还没我一个姑娘坚强呢，有点矫情了。刚想张嘴劝他放弃，他先开口了，说："我觉得自己不适合这份工作，感觉这里压抑，遗体的那股味也接受不了，和我想的根本不一样。"我说："可以，尊重你的选择。"

看着他远去的背影，我突然浑身放松了。他在的时候，我精神高度紧张，可能是因为和遗体打交道久了，我不太知道怎么和活人相处，而且老师的身份我还没适应，估计也让他不舒服。后来有个我稍微看得上的徒弟，但没把握住。

那是一个比我小一岁，跟我刚入行时模样一样的小丫头，头发卷卷的，可爱又精致。我很喜欢她，想让她留下来试试，像我刚开始那样练胆——就是在殡仪馆住一晚上。我还给她找了单位里一位帮忙的大姐陪她一起睡。我知道大姐呼噜声很大，还特地交代一定让姑娘睡了，大姐再睡。

结果那晚大姐累了，就自己先睡了，吵得姑娘睡不着觉。到了后半夜，姑娘好不容易困了，单位年久失修的破门被风吹开了。这时候大姐坐了起来，对着打开的门来了一句“进来坐啊”。这谁还能睡觉了？姑娘害怕，抱着枕头一宿没睡，早上看见我就哭。我安慰她：“都怪我没安排好，今晚我陪你一起。”姑娘哭着说“不了，我怕今晚来的人更多”，就这样走了。

看不上的劝退了，看得上的留不住。就在我以为带徒弟的事儿就这么结束的时候，宋哥来到了我身边。

跟宋哥第一次见面时，没人通知我要带他。他不认识我，我也不知道他要来。那段时间，我正忙着处理宁宁的遗体，缝完遗体的手脚后，我压力很大，排解方式就是在殡仪馆院里弹吉他。

当时，院里停放着灵车，几个人站在那抽烟，还有一位逝者家属抱着遗像擦眼泪。只有我穿个白大褂，抱个吉他，不顾院子里其他人的异样眼光，边弹边唱 Beyond 乐队的《不再犹豫》。这时候有个穿黑西装、拉黑色行李箱的人走了过来。

此人身高一米八，长得干净帅气，右边眉毛上有一颗小痦子，脖子上戴着十字架项链。经过我面前时，见我弹唱得不亦乐乎，看我的眼神就像是看见了一个精神病人。我咧个了大嘴冲他乐了一下，接着又开始弹。看他像个司仪，我猜他的小行李箱里装的应该是主持稿，心里还挺佩服他：牛啊，真够敬业的。

过了一会儿，师父说要给我介绍个新人，没想到就是刚才那位“司仪”。师父说：“这是小宋，法医专业出身的，没考上法医，想来这学学。你们互相认识一下吧。”我顿时傻眼了，没想到“司仪”竟然是个法医，还要跟我学遗体美容。

然后师傅又对小宋说：“这是我徒弟小四，干了 4 年多，算半个‘老人’了，以后你就跟着她学就行。”小宋呆住了，估计他也万万没想到，刚才在院里看见的“精神病人”竟然会是他的老师。

师父刚介绍完，被我拽了拽衣角就跟着我出来了，这4年我们还是有默契的。到了外面，我给师父点了一根烟，问她：“怎么回事，怎么不提前通知我呢？”师父没说话，这意思就是要我服从安排，我就不吱声了。

我还没想好怎么跟他说话呢，小宋先开口了，说：“你刚才在院里挺狂野的啊，帽子都甩飞了。”我尴尬地挤出一个微笑。师父把话接过了去，说：“这也是排解压力的方式，你要是干下去了，以后就懂了。”

也就接触了一个月时间吧，我崩溃了：这哥们儿到底是来入殓的，还是来验尸啊！那一个月里我特别烦他。可能是学过法医专业的原因，他格外喜欢研究遗体，看见逝者就犯职业病。每次有遗体送来，他就开始跟我和师父推算逝者的死亡时间，根据死亡姿势推断逝者经历了什么。我心想：真能装，那么厉害，不还是来我这干活了。

他自顾自地讲着，看我不理他，还问我：“咋不说话呢，有啥不懂的可以问。”我白了他一眼，说：“我理解不了你说的专业知识，我只知道闭嘴干活。”他还不乐意了，说我“态度不好，要虚心接受新知识”，我说“再废话，就把嘴给缝上”，说完晃了晃手里的针和线。我感觉宋哥其实挺不乐意我教他的。

刚开始时，我说：“先从培养胆量开始吧！”他直接回了一句：“我还用培养胆量吗？”我说：“那行吧，那就在屁股后边看我干活吧，帮我拿个工具啥的，看不懂的随时问我。”他就点了点头，但是看了几天，愣是没提任何问题。

我问他：“认真看了吗？怎么不问我点啥呢？”他说：“多简单的服务，看看不就会了吗？”我猜他是拉不下脸，尤其是我还比他小。他还挺为自己专业自豪的，让他这么骄傲的人向一个小女孩讨教还不如杀了他呢。索性我也不管了，打算以后让他实际操作下，等出问题了，我就能好好教他了。

我经常跟师父汇报小宋的学习情况，师父说：“小宋人没啥问题，复杂的得肯定能应付得来，就是这个脾气还得磨磨。”就像刚开始她磨我一样。她还问我：“你咋想的，都教会，还是只教一点？”

师父抛出的这个问题，让我也纠结了好久。最开始教我时，她也是对我留了一手，直到我俩互相认可了，情同母女，她才教我了最后一招。看宋哥现在的这个死样子，我是不愿意全部都教的，不是还有那句话吗——教会徒弟，饿死师父。他看我不教他，就去别人那里，研究新送来的遗体是怎么死的，还跟别的入殓师科普他的法医知识。别人也讨厌他这样，就喊我赶紧把他领走。

有一次我还把宋哥给林姐送去过一次，林姐拒绝了。她说，这么多年她习惯了自己一个人了，而且她也没空收徒弟。其实把宋哥送过去，我是有考虑的，我想有个人陪着她，弥补她失去儿子的精神空缺，也想着将来等她百年以后，能有个晚辈发送她。

林姐也看出来我的意思了，拍拍我的肩膀，说："你的心思我明白，但你不能把你的好心强加给别人，好比你干活的时候，对逝者家属善意的举动，如果人家不领情，那你就是在自我感动，对别人来说是多余的，所以好心可以有，但也要看人家需不需要。"

对于她说的这些话，我当时没反应过来什么意思，后来在一次工作中，真切地体会到了。

我教宋哥入殓时，没按照正常顺序。他是法医专业出身，解剖过遗体也帮人缝合过，所以我就把顺序颠倒过来，让他先从复杂的服务开始，至于按摩、化妆这些基础的，以后再说。

这段时间，师父虽然让我带新人但又不放心，会随时找点借口进来看看，一会儿说是东西没有了，一会儿说是没什么事就溜达溜达。我有干的不合格的地方，她还会夺走我手里的工具，让我站一边去，示范给我看。

彻底让宋哥放下面子开始认真跟我学，是两个月以后的事了。那天下午特别忙，我让他帮我干活，看他是不是看会了。宋哥信心满满地告诉我“没问题”。其实我知道，看跟上手操作是有差距的，他哪行啊，但我就想借这个机会好好挫挫他的傲气。

冲洗遗体的时候，他就惹祸了。由于没控制好力度，把皮肤冲破了。他蒙了，回头看我，说：“这人不结实啊，是不是烂了，怎么掉皮了？”我回他：“你不是法医吗？烂没烂自己能看出来啊。”他尴尬了，跟我说：“别闹了，快告诉我咋整。”

我让他自己猜，宋哥立马反应过来了，“缝上”！我说那就缝吧，正好可以看看他的缝合技术。这不看还好，看完我就震惊了——宋哥缝合的痕迹比我要小很多！关键是，他才学习入殓几个月而已，而我已经学了四年了，缝得还是跟个大蜈蚣似的，要多丑有多丑。我看在眼里，准备干完活向他请教。

宋哥把冲破的遗体缝合好了以后，就开始按摩。但法医没教这个呀，他找不到关节和穴位，把遗体按得“嘎吱嘎吱”响。我调侃他：“宋哥，技术可以啊，这么按完逝者肯定解乏。”他还挺得意，过了会儿才发觉不对劲。

当天的逝者都服务好后，已经是半夜了，我让宋哥回去休息。宋哥没走，脚刨着地面，右手挠头，对我说：“今天没做好，我认识到自己有很多问题，想好好跟你学，你还能不能教我？”我乐了，心想：这才一回合就败下阵来了。但我还是端着架子，说“回寝室睡觉吧，都累一天了，有啥话明天说”。这下，宋哥害怕了，想说什么，但看我也累了就没继续说，垂头丧气地走了。

第二天一早，他手里拿了一串雪糕和一条烟，给我使了个眼神，说：“这是孝敬你的，吃、抽别客气，以后你的雪糕和烟，我都承包了。”我懂了，他这是贿赂我呢，好让我教他干活。从这以后，宋哥就开始老老实实地跟我干活，我也跟他学怎么更好地缝合遗体。

我觉得小有成就，自己做老师算是上道了。宋哥给我买的烟，我留了两盒，剩下都给我师父了。师父说：“这是你的，我不抽，你自己留着吧，你能有这个心，我就很开心了，证明这些年我没白疼你。”

接下来，我让师父张罗了几具复杂的遗体，教宋哥怎么做遗体重塑。邪门的是，刚刚跟师父说完的那天晚上，就送来了具喝多了撞电线杆，把脑袋都撞碎了的男性逝者遗体。这一趟活干完，让我和宋哥的关系变得不一样了。

我听说这位逝者也是做殡葬行业的。

在我们东北，主家如果在家里办白事，会请两家做殡葬的团队搭棚子吹唢呐、表演二人转等节目。两家的棚子面对面，对着干，哪家表演得越卖力，主家给的赏钱就越多。这位逝者生前就在其中一家干活。

当晚吃席，他喝了不少酒，非要骑摩托车回家，大家谁也没能拦住。他骑得非常快，一路乱晃悠，后边大货车司机看他这样，心烦，就疯狂按喇叭。为了躲避大货车，他直接撞到了电线杆上，脸部严重变形，一侧脸皮都没了，脑袋破损严重。

送来的时候，宋哥瞪着两只大眼睛，瞅了瞅我。我跟师父沟通让我和宋哥来。师父说她也跟着进去，中途有什么问题，我们还能有个帮手。

进屋后，我们三个人围着逝者转了一圈，决定先给他脱衣服，冲洗身体，再做复原。我一边给逝者脱衣服一边说："这回好了，主家收的份子钱还不够赔你的呢。"师父跟宋哥都乐了，说我这话太损。

复原这活是我带着宋哥做的。我先切开脑袋，用镊子夹出掉进去的碎骨头。做完，我又给塞回去了，让宋哥再做一遍。修整完后，宋哥问我下一步做什么。我说："填充血肉，让脸变得立体，用金属丝固定也行，塞东西也行，你自己研究。"最后宋哥决定用金属丝固定，脸皮是他用硅胶的皮缝合的。

宋哥做的时候，我看他头上直冒汗，手也跟着抖，就拍拍他，说："别紧张，不行就拆了，缝不了就我和我师父来。"但他还是坚持做完了，我和师父各检查了一遍，没有任何问题。

由于逝者离世的时候，还保持着骑摩托车的姿势，所以不好穿衣服，就得先给他按摩放松。按摩这个环节宋哥不会做，于是由我负责按摩他的胳膊，师父按摩他的腿部，宋哥帮忙递工具，我们配合得很默契。

最后，再给逝者穿好衣服、化好妆，抽干遗体里的血液和空气，摆放好离世的姿势，就推出去了。

这时，主家带着钱来了，打算给一万块钱了事。但逝者的媳妇不干，拽着主家男人的脖领，眼里飙着泪在那喊："家里就指我爷们儿挣钱呢，还有一个小的要养，这一万块钱够干啥的。"主家男人也不乐意了，说："能给钱，已经够意思了，不要的话，连一万块钱都没有。"女人的眼泪瞬间流出来了，也不喊了，平静地跟主家男人说："这事没完，不作你，也要告你，让你没一天好受的。"

宋哥第一次见到这场面，想过去劝架，被我拉住了。我告诉他："走，回去学习，不该管的别管，就当没看见。"宋哥说我"没人情味"。我问他："你去了打算怎么说，向着谁说话，又该怎么安慰逝者家属？"他被我一连串问题怼得一句话没有。

我告诉他："不是我冷血，是有些人情绪在那，不一定会做出什么事。就算想安抚人家也得察言观色，挑这时候去，不会有好果子吃的。之前，我也管过闲事，我还挨过揍呢。"

以前，有个逝者家属对逝者的态度不好，我张嘴就说'有那么跟自己亲人说话的吗'，人家说'你算个啥啊，管我们家的事'。我说'我就管了，怎么着吧'，然后我就被揍了。后来我学到了，不该咱们管的就别管。

"入殓师的职责，就是要给逝者最大的体面，做好自己分内的事，对得起逝者和逝者家属。”我说这话的时候，师父也在场，她抱了抱我。这些年，我因为管闲事挨揍的事儿，她都看在眼里，都是她帮我圆的场。她知道，虽然我这么说，但还是会挑个合适的时候再去安抚逝者家属。宋哥看着我，眼神里透露出心疼和尊敬。

最后，这个逝者的媳妇拿到了赔偿，主家把收到的七万元份子钱和五万元积蓄都拿了出来。虽然不够她和儿子今后生活的，但足够给这个男人安葬了。

男人火化那天，我跟他媳妇说：“以后要坚强，找份工作，带着孩子好好生活下去。”她向我鞠了一躬，说了句谢谢，也跟宋哥说了句谢谢，就抱着她丈夫的骨灰盒离开了。

这件事之后，宋哥的态度变了，不骄傲了，能真正听得进去我说的话了。我想是时候教他点真本事了。由于之前教过他遗体重塑，现在我开始教他冲洗遗体：冲洗的工具都放在哪儿，平时干活都需要注意什么，要提前准备什么，怎么认识关节和穴位，如何让僵硬的遗体放松下来。由于没人给他练手，就像当初师父带我一样，我也躺在遗体美容床让他练手。

不知道是因为他是男孩力气大，还是我太脆弱了，被他按完以后，我的胳膊好几天都抬不起来。他还按上瘾了，没事就想抓着我给我按摩。我赶紧求饶："我多软和，又没僵硬，捏我也捏不出效果。被你捏一回，我胳膊好几天都抬不起来，让我缓缓不行吗？"他又找其他同事作为下手对象，但他们都忙，他还盯上了我师父，我师父笑呵呵一笑送他一句"滚"！

最后，还得是我躺在那儿任由他捏，等他练熟了就再没出现过我抬不起胳膊的现象了。可惜，宋哥一直没有给逝者按摩的机会。

后来，每次有复杂的遗体处理，比如缝合伤口，我都让宋哥来做，他一边缝合，我一边学。这样一来，复杂的那步做得多了，慢慢地他处理复杂遗体也游刃有余了。

唯一没变的就是他那个老毛病：嘴碎，爱唠嗑。唠法医的，唠死状的，没人理他，他都能说好久。我让他闭嘴、瞪他，他就扭过脸去不看我，在工具箱里摸摸这个，摸摸那个。一会儿看见新奇东西了，又张嘴问我这是啥。直到经历了一件事之后，他就再也不这么嘴碎了，变得深沉了起来。

一天半夜，我和宋哥巡逻完，准备回宿舍睡觉。就在这时候，他看见一个衣服上有血的男人抱着一个女人满院子找人。宋哥走过去，说：“要看病去医院，这是最后一站。”男人气喘吁吁地说：“我没来错地方，就是这，我杀了我老婆。”宋哥一听，急忙跑过来找我，在厕所门口大喊：“快报警，外面有一个精神病抱着个女的，还说把自己媳妇杀了。”

我急忙跑了出去，看到这个男的，喘着气，衣服上、手里都是血。我让他进屋，他不进，怕弄脏了地板，只问我们，“处理后事，需要多少钱”？我问他：“要遗体美容服务吗？”他说：“要。”

我和宋哥把工作床推了出去，三个人一起把逝者抬到了床上。刚把女人放到床上，还没推进屋里呢，就看这男的朝院门口的方向走去。宋哥怕他跑了，把他抓回来问：“上哪儿去？钱还没给呢。”他说：“我要去自首。”我一肚子问号，上前问到底发生了什么？

他痛苦地蹲在地上，双手抓着头发，问我：“有烟吗？”我给他点了一根。他猛吸一口，仰起头缓缓吐出烟圈，说：“是我亲手杀死了我媳妇，我会去自首的，并且要求立马执行死刑，争取早点去陪她。”

这个男人说，他跟他媳妇原本挺好的，手里宽裕，还没孩子。后来，男的开大货车，虽然挣的钱更多了，但因为常年在外面跑，家都回不了几次。他每次回家，都发现媳妇不对劲儿，她总是背着他去厕所打电话，还在微信里跟一个男的聊得火热，对于夫妻间的那点儿事，她也是找借口推辞。

最终，他发现媳妇出轨了，还提出要跟男人离婚。他不同意，跟媳妇商量，以后会在家多陪陪媳妇。但他媳妇还是执意离婚，他就开始委曲求全，甚至每次媳妇出去跟那个男的开房，他都车接车送，连情趣用品也是他买的。

宋哥打断了他的话，说："你是个爷们儿吗？头上绿成这样了还能忍，还给买东西，亲自接送，你是怎么想的？"男人说当初他也忍不了，但想着媳妇是陪着自己一路吃苦过来的，加上以前他母亲在世的时候对他媳妇不好，他觉得对媳妇有愧，所以才会这么纵容她。他觉得时间长了，等那男的玩够了，暴露本性了，媳妇看清了就能回归家庭，他俩还能好好过日子。就这样过了两年多。

没想到，媳妇出轨的这个对象没有家庭，对他媳妇也挺好，两年来两人的感情更加深厚了。那天晚上，他把媳妇接回来以后，媳妇坚持要离婚。他瞬间就崩溃了，冲着他媳妇喊，还掐她脖子，说："为什么啊，我都忍让到这个地步了，为什么还要离婚！”他媳妇说：“我早就跟你没感情了，是你自己愿意戴绿帽子的，我又没强迫你。”这句话彻底激怒了这个男人，他说：“这顶绿帽子我早他妈戴够了，咱俩谁也别活了！”

说着，男人就从茶几上拿起水果刀捅向了他媳妇。他媳妇挨了刀，就要跑，他又对着媳妇的后背疯狂捅了好几刀。然后，他媳妇就躺地上不动了，没有了呼吸。他还说“死了好，死了你就永远是我的了”。

他冷静下来之后，一开始想自杀，但又怕媳妇后事没人料理，就跟朋友借了一辆面包车，先把他媳妇送到我们这儿来了。

听他说完这些，宋哥默默掏出手机报了警，把电话递给了他。他缓了缓情绪，说：“我在殡仪馆院里，我要自首。”

临走之前，他又抱了抱媳妇，说让媳妇等他，自己很快就来陪她了。付了处理后事的钱之后，男人就被警车带走了，至于怎么判刑，我就不知道了。

还是老规矩，我和宋哥先把逝者请进了工作间，当时遗体伤口还在流血，宋哥问我“知道为啥不”，我说：“因为血液中有抗凝物质，有伤口的话，血液就会往外流，这就是为啥会有人因失血过多而死。而即便人体已经死亡后，血液在短时间内还会顺着伤口往外流，直到凝固为止。”说完这句话，我问他：“又要犯毛病了是吗？”这回，宋哥不说话了。

把带血的衣服剪下来之后，我负责洗澡、梳头，宋哥负责一针一线地缝合伤口，累得他满头是汗。但是我检查的时候，发现他漏缝了两个伤口。这种情况下，如果寿衣材质不好，太硬或太粗糙，跟伤口接触的话，会把伤口周围的皮蹭掉，家属看见了是会找茬的。

我喊宋哥过来，他一看吓了一跳，很自责，要求自己再来一遍。接着，我给遗体又做了一遍消毒，开始按摩、化妆。

做完这些之后，我们发现除了被抓走的那个男人，逝者再没有其他亲属了，没寿衣穿啊，这怎么办？于是我就赶紧联系了一个 24 小时营业的丧葬用品店，让他们送来了一套寿衣。都处理好之后，才把她放冰柜里。

或许这一次的经历，让宋哥发现自己念叨的那些法医的事，跟现在工作不太挨边。而且他一个学法医的，就缝合这一项拿得出手，还没缝好。往后每次干完活，宋哥都会自己再检查一遍，确定没有什么问题了，再示意我过去检查。我发现在学习态度上，他比之前又多了几分诚恳和认真。

干活时，他也没那么多废话了，我说什么他听什么，顶嘴跟我逗闷子的次数也少了。有什么做错的地方，没等我找他谈话他就开始主动找我总结自己当天犯错误的教训。

我觉得，宋哥又成长了一大步，能意识到自己的错误并改正是个好事，我很开心。入殓师的每一个细小的动作，都关乎逝者的尊严和体面，我们越细心，他们在世上的最后一程就越安心。

我开始让宋哥上手做基础服务了。不知是因为学过法医专业，还是因为天赋高，宋哥取得了突飞猛进的进步。

我心里有点儿矛盾，又一次想起了师父的那个问题：教全部，还是留一手？出于私心，我选择了后者，一直没教他化妆。但我藏着掖着的教学态度，很快就遭到了报应。如果再给我个机会回到当时，我一定打醒自己：啥都能不教，化妆必须教！

一天，师父出去喝酒了，殡仪馆就剩我跟宋哥，我太累了，就在工作室里睡了一会儿。半夜听见有动静，起来看见有人在疯狂敲窗户，一边敲还一边喊："小四，小四。”因为睡得正迷糊，我的眼睛散光得厉害，聚不了焦，看着那人跟个纸人似的，脸色煞白，两边腮帮子红红的，眉毛又粗又黑，嘴唇就中间一点通红。给我吓得，直接开窗户，手伸出去，“啪啪”朝“纸人”脸上抡了两个大嘴巴子。但手掌接触“纸人”的一瞬间，我感觉不对，要是纸糊的第一个嘴巴子下去，不就该打坏了吗？我立马打开门跑出去看，结果发现宋哥在外边揉脸呢。白色的灯光打在他脸上，看上去更诡异了。

原来，宋哥趁我睡觉时偷拿我化妆品，练习化妆。他可能是想让我看看他画得咋样，透过小窗户看我趴着，没看出来我具体干什么呢，就开狂敲。我估计他很想问我为啥打他，但张了张嘴，又闭上了。我说：“幸亏，你没大白天化妆，这要大白天化妆，再往丧葬用品店门口一站，指定大卖，逝者家属还得要跟你一样的同款小纸人。”

那天过后的好几天晚上，我都做噩梦梦到宋哥顶着这个妆容问我：“小四，小四，你看我这小红脸蛋好看不？”我开始担心，他在自己脸上乱画吓着我，我还能接受，就怕万一哪天他趁我不在，即兴发挥，穿个白大褂到处瞎溜达，把别人吓着就不好了。

于是，我主动提出给他当模特，让他在我脸上练习。

结果，他把我祸害的，每次都要戴个口罩低头出去，以最快的速度冲去洗脸。终于，有一次，我急眼了，跟他说："你一天天地净瞎画呢？你也不瞎，跟了我快四个月了，没看见我咋画的吗？"他委屈巴巴地说："你又不教我。"说完，跟我要了几天假，回家琢磨化妆去了。

就在他回家的这几天，我们殡仪馆里接了一项特殊服务。一个老太太要在殡仪馆举办婚礼，而她要嫁的这个人是一具遗体，遗体属于一位67岁的老爷子，他叫李顺义。

2017年6月末的这一天，已经有些痴呆的李顺义老人，突然开始翻箱倒柜，说要找出几十年前"前女友"的回信，还有那些没寄出去又想得到答案的信。可好多信早已经被老伴儿撕掉了，有的两半，有的碎了。李顺义拿着那些碎片慢慢地拼，再拿放大镜细细地看，一弄弄到大半夜。

慢慢地，李顺义不满足光看信了，他又闹着让儿子、儿媳给他买信封邮票，说要给他心爱的前女友写信。儿子心里暗想，那个渣男爹又回来了。

李顺义看得最多的是两张照片——一张上面是个姑娘，穿着职工服，扎着两个马尾辫，柳叶眉，一双眼睛不大但水汪汪的，嘴小小的，笑着起来特别甜；另一张就是年轻的李顺义与这姑娘的合影。姑娘依旧是那两条漆黑油亮的辫子，笑得害羞又幸福，李顺义则拘谨腼腆地站在一旁。

“这姑娘好看吗？她叫张金萍，嘿嘿，我跟她谈过恋爱。”看照片的时候，李顺义会问儿子。儿子心里还想着：渣男，不负责任，有媳妇了还惦记别的女人。都痴呆了，忘了跟自己结婚的老伴，忘了自己的儿子，唯独能记住的就是这个张金萍，这谁不生气。这些年，李顺义家里没少因为这些信与照片闹腾。

年轻时，李顺义经人介绍娶了东北一个在化工厂上班的姑娘。由于常年接触有毒化学品，姑娘不能生育，婚后就自主从亲戚家收养了一个已经六七岁的儿子，日子过得相安无事。直到几年后的一天，李顺义媳妇收拾屋子时突然发现了丈夫和他前女友的照片。

其实这照片，结婚之前她也见过，当时李顺义说自己能放下过往，会扔掉照片，没想到他偷偷藏了起来。这次面对老伴儿的质问，李顺义解释说忘记处理了。老伴儿不信，就闹。

老伴儿原本挺温柔的，从这次吵架开始，慢慢就演变成了动手砸东西、打人，有时候还打孩子出气。那时候正值儿子青春期，在这样的环境里，对养父母的感情自然就淡了。

直到2006年夏天，最终没吵明白的老伴儿突发心脏病去世了，离开前几天，她还说李顺义这20年没爱过她，心里一直有别人。那些年，因为心烦，李顺义开始酗酒，肝也坏了，老伴儿去世后，渐渐得了老年痴呆。

儿子也没心思学习，后来靠给人开出租车、干技术活维持温饱。还把成年人的辛酸、不幸都赖在养父身上，慢慢地也不怎么回家了，就不太管李顺义了。直到他结婚后，有了自己的孩子，媳妇人不错，跟他说李顺义都老年痴呆了，应该回去看看，这回来的次数才多了。

我在殡仪馆见到李顺义老爷子的时候，他已经死了。

2017年7月9日那天早上，李顺义像往常一样起床，儿子、儿媳去给他做饭。儿子想着做完就走，反正养父老糊涂了也不记得他。可没想到，那天李顺义突然哪也不疼了，脑子也清醒了，还出奇地喊出了儿子的名字，说有事要交代给他——找张金萍！

李顺义就想知道当年到底咋回事，为啥两个人不清不楚地断了？除了这个，他还有一个承诺要兑现给张金萍。

儿子没啥耐心，不想接这个活，觉得李顺义脑子彻底坏了。而且这是东北，一个远在山东的前女友，过去三十多年了，怎么能说找就找到？但儿媳不这么认为，她觉得公公突然这样是回光反照，可能挺不了几天了，就答应了老人的这个请求。

儿媳想到自己有个姑姑正好嫁到了山东潍坊，于是赶紧托她打听。李顺义一听激动起来，记忆却又开始混乱不堪。他开始梳头打扮，穿得精精神神的，对儿媳说张金萍约了他在厂门口见面，他要带着金萍去买雪花膏。当年处对象时，李顺义就知道张金萍爱美，雪花膏、漂亮裙子、皮鞋，厂里女职工流行的，李顺义都会给女友买一份。

听到李顺义嚷嚷着要写信时，儿子脑子里关于父亲讲过的那段往事又被翻腾了出来。

1976 年，李顺义还没来东北，在山东一家厂子里工作时认识了张金萍。当时，李顺义已经 26 岁，婚事还没着落，厂办主任就开始给他留意合适的姑娘，同厂的张金萍进入了他的视线。

张金萍好看、秀气，干活也勤快，家里还做了点小生意，虽然就她一个孩子，但她一点不娇贵，厂办主任觉得张金萍和同样踏实肯干的李顺义肯定能成。一次午饭时，厂办主任安排他们二人见了第一面。两人穿的都是工装，张金萍梳着两个长长的麻花辫，头发黑得发亮，李顺义肩头搭着条毛巾，衣服上都是油渍。

李顺义这个大老粗，没什么文化，见了张金萍一直傻呵呵地乐，不是挠头就是抠手，也不会说啥好听的。他一米七四的个子，因为干活锻炼得既壮实又黑，张金萍对他的第一印象很不好，甚至有点怕他。但李顺义一眼看中了张金萍。他觉得这姑娘看上去小小的，性格还温柔，看到她的第一眼就想保护她，李顺义心里认定“这辈子就这个姑娘了，不会再有别人了”。

李顺义这边信心满满，剃头挑子一头热，以为姑娘不敢瞧他是因为害羞，其实是人家害怕他。相亲没成，本来两个人也不会再有什么火花了，可缘分这东西真奇妙。

1977 年，快过农历新年时，张金萍去朋友家玩儿，在回去的路上自行车坏了，好巧不巧地撞到了刚下班的李顺义。李顺义刚要发火，仔细一看是张金萍，瞬间没了脾气，又开始傻呵呵地发笑。他本来就黑，当时天也黑，张金萍一看，就更怕他了。

“车……车子怎……怎么了？”可能是见到自己喜欢

的女孩有点紧张，李顺义磕磕巴巴问道。然后又说自己会修自行车，但天太晚了，想先送她回家，明天早上来给她修自行车。张金萍想拒绝，怕有人看见说三道四的不好。但晚上路黑，加上刚才又被李顺义吓了一跳，她胆小，就默认了。

路上，李顺义倒是直截了当，追着女孩要说法，问她当初为啥没看上他，是因为家庭条件还是嫌他难看？“都不是”，张金萍说，“其实是怕你”。“我有啥好怕的，怕就更应该跟我在一起了，这样辟邪！”说完又挠着头嘿嘿傻笑，“你以后就都不用怕了！”“噗嗤”，张金萍笑出了声，觉得这个男人还挺幽默的，自己反倒有点以貌取人了。从那一刻起，她决定放下对李顺义长相的偏见，先跟他接触看看。

第二天早上，李顺义果然兑现了诺言，来修自行车了，修得还挺好。张金萍在一旁看着，发现他一个五大三粗的老爷们干起活来比姑娘家还细心，心里又给他加了点分。慢慢地，两个人就有意无意地接触。到了正月，李顺义就捅破了这层窗户纸。他跟张金萍保证，在以后处对象过程中，他要是有一点不好，张金萍随时可以提分手，要是觉得他还行的话，两个人就尽快见父母商量婚事。

顺利的话，两人应该顺理成章地结婚生子了，平淡温馨、相扶相持地白头到老。可偏偏情路多坎坷。到了谈婚论嫁的时候，张金萍提出想去李顺义家里看看时，他却支支吾吾地不断找借口搪塞。“咋了，难不成家里还有一个老婆？”张金萍不乐意了。

其实，之前厂办主任也对李顺义的家庭不了解。当初李顺义为了在厂里混个临时工，撒谎说要跟他结婚的对象跑了，还把一个瘫痪的老娘扔给了他，厂里觉得他有情义，就勉强挤出来一套房子给了他。但其实李顺义口中的那个瘫痪的老娘是他自己的亲娘，因为发生了意外终身瘫痪在床，他的父亲为赚钱扛大米伤了腰，也彻底干不了重活了，家里全靠李顺义一个人撑着。李顺义不敢跟张金萍说这些，怕她嫌自己家庭条件不好，跑了。

后来，终于见面了，先去的李顺义家。李顺义父母自然是非常满意这个未来儿媳的，她娇小可爱，惹人喜欢，最重要的是不娇气，能吃苦。他们专门给张金萍买了新水杯、碗筷、拖鞋，留给她以后来家里用。还说以后小两口要是结婚了，他们老两口就回老家去住，保证不在这儿添麻烦。

这反而让张金萍心里很难受，觉得好像是因为自己要赶走老两口似的。更棘手的是，李顺义这样的家庭状况，她怎么和父母说呢？张金萍给李顺义出了主意，又自己出钱买了几件像样的礼品，把李顺义带回家了。

张金萍的家就在潍坊市。到了之后，李顺义按照张金萍教他的瞎话，吹了一通：父亲在粮油店管事，母亲是街道妇女主任，自己是厂里正式职工。张金萍父亲也不傻。第二天找人打听了李顺义的情况，怎么回事就都知道了。他觉得穷不怕，撒谎骗人就是人品问题了。

那一天，张金萍的父亲单独去见了李顺义的父亲，话里话外的意思都是李顺义配不上自己闺女。李顺义彻底明白了，光喜欢是没用的。他穷，家里还有两个病号，给不了对方父母想要女儿过上的那种生活。于是，李顺义开始躲着张金萍，不见她，还写了一封分手信。

张金萍看到后，生平第一次发了火，她骂李顺义不是个男人，自己一个姑娘家都没怕，他一个大老爷们儿怕什么？李顺义其实心里特别舍不得张金萍，他决定要更加努力赚钱，坚持住，争取女友家里的同意。

可当张金萍父亲发现两人还在偷偷约会、不愿意分手时，就开始搅和李顺义的工作，让他在厂里干不好。后来，李顺义的母亲因为瘫痪并发症去世，当时张金萍还想去看看，但被父亲发现锁在了家里。

母亲去世、恋情不顺、工作不保，李顺义觉得自己除了一个老爹啥都没了。这时，厂里领导给他介绍了一个工作机会，说东北有个小城要开发建设，需要工人，去了就是正式工。经过一番思想斗争，1981 年，李顺义带着父亲离开了山东。

张金萍本来是想和他一起走的，想着干脆把生米煮成熟饭了再回来，到时候爹妈不认也得认了。但张金萍一想到父母就自己一个孩子，还得需要她养老送终呢，就不忍心走了。“金萍，你等我混好了，最多也就两三年，我就接你过去，让你过好日子！”临走之前，两人照了张合影，还交换了彼此的单人照。

那时候，张金萍已经 28 岁，一直被家里催婚。父母给她介绍对象，她也会去看，但就是死活不同意。而李顺义到东北以后，有时间就会给张金萍打电话，写信

“我在这边待遇很好，现在是正式职工了，分到了一套一居室的房子。我在这边可受欢迎了，他们都叫我李师傅。厂里没有几个女职工，你放心，等我升了车间主任，分到两居室的房子，我就回去跟你父母提亲，把你接过来。金萍，你一定要等我，相信我，很快就能接你过来。”

可惜，天不遂人愿。1982年冬天的一个晚上，零下二十多度，李顺义在厂里巡视检查时不小心掉进了井里昏迷了。两天后，同事才发现他。虽然他命大，但还是因为骨折没法动弹了。写不了信，怕张金萍着急，李顺义就托父亲打个电话。结果，他父亲好面子，还在生张金萍父亲的气，就骗儿子说电话打过了。

好好的一个大活人突然没音信了，张金萍着急，就想去东北找李顺义，可家里不同意。这可成全了张金萍父亲，他趁女儿不在家，把李顺义的信偷拿了出来，照着李顺义的笔迹写了一封，过了几天后交到了女儿手上。信里写着：

> “我在东北这边有了相好的，是厂里一个科长家的女儿，各方面都挺合适的，也对我工作提升有帮助。你别等我了，我对不起你，你就找个好人嫁了吧。”

张金萍一点儿都不相信李顺义是那种见异思迁的人，也不能接受在信里提分手，这算怎么回事？她一定要听李顺义亲口说，收拾行李就要去找他。结果挨了她爸一嘴巴子："不要脸，人家都这么说了，你还上赶着去找人家。李顺义有什么好的？以前让分开不分开，非得死等，等吧，看换回来啥了？"

这一巴掌打醒了张金萍。是啊，换回来什么了？从1977年到1982年，她也快30岁了。如果不认识李顺义，她没准儿都有美满家庭了。她决定不等了。但委屈不能白受，她得报复回去，也给李顺义回了一封信：

> "其实，我也相中一个男人，是我爸朋友家的孩子，比我家还有钱。我不想等了，准备嫁人了，一直不知道咋开口。既然你说了，那就各自组建家庭。祝你幸福。"

当年收到张金萍这封所谓移情别恋的信，李顺义就没搞清楚，但两人就这么分手了。

1985年，35岁的李顺义经人介绍，娶妻结婚，他以为这辈子和张金萍不会再有什么交集了。

2017年7月10日，早晨。李顺义醒来没看见张金萍，说自己还要等她。可过了一会儿，李顺义又开始急了，闹着要去车站接张金萍。因为没找到张金萍，儿子、儿媳自然不敢带李顺义去车站，怕他出事。中午，李顺义连饭都没吃。到了下午，李顺义在摇椅上静静坐着，可能是觉得自己快不行了，焦急地问："金萍怎么还没来？"儿子、儿媳怕他受刺激，没敢说实话，安慰他说金萍已经在路上了，让他再等等。

"不等了，等不动了。"李顺义明白，就算找到了，金萍心里有气，可能也不愿意见他了。下午 5 点 32 分，李顺义带着大半辈子的疑惑，还有对张金萍的爱和愧疚，以及没兑现的承诺，与世长辞。

晚上，李顺义就被送到了我们殡仪馆。我准备给他脱衣服洗人生中最后一次澡时，发现他裤兜里掉出来了那两张照片，还有一枚戒指。

李顺义的指甲、胡子特别长，额头上还有当年掉进井里时留下的伤疤。入殓完毕，按照正常程序，接下来就是停尸、出灵、家属吊唁、火化、下葬了。结果这时，事情来了个 180 度的大反转。李顺义的家属要求把遗体多放几天——我很好奇，通常只有没人认领的遗体会这么处理，可他儿子、儿媳不都在这呢吗？

两天之后，就在李顺义的遗体该火化时，竟然传来了张金萍的消息。原来，张金萍邻居的儿子刚好是个小警察，他跟母亲闲聊时说起了一个叫李顺义的老爷子在找年轻时女朋友的事，这才找到了张金萍。

这时的我，已经从李顺义儿子、儿媳嘴里听说了他的那段故事。我听说张金萍找到了，心里别提多激动，特别好奇李顺义的心上人到底有多好，能让他一辈子都这么牵挂。

张金萍出现在殡仪馆时，已经是 7 月 12 日的晚上了。三伏天，暑气还未消散，她穿着照片上那套长袖职工服进来了，手里只拎着一个袋子。人依然清瘦，只是背驼了，眼神也没有当初那么清澈了。

张金萍看见躺着的李顺义，眼泪瞬间流了出来，说："等了将近一辈子，等着你娶我呢，就等出来这个结果？你还记得我身上这件职工服吗？这是咱俩第一次见面时穿的，今天也是最后一次穿给你看了。"可惜，李顺义已经不能回答她了。我感觉内心深处被揉了一下，也跟着掉眼泪。

不管怎样，张金萍人来了以后，李顺义火化完，他的身后事就算做完了。可没想到，我们刚收拾好要下班回家时，被馆长叫去食堂开了个紧急会议。

本以为又有什么新的入殓政策传达，结果是张金萍提出来想跟李顺义结婚，以后还要合葬！我的第一反应和师父、馆长一样——跟谁合葬我们没权利管，但在殡仪馆里结婚，这不是胡闹吗！我们一致不同意。可我琢磨了一下，还是有点动容，总觉得张金萍不会无缘无故地提这个要求。于是，想主动找她谈谈，更想知道她口中这个故事的另一面。

当年张金萍收到父亲伪造的分手信后，赌气也回了一封给李顺义，但她难过了很长时间。白天干活时，总是心不在焉，好几次差点出事，晚上自己一个人时就偷偷哭，眼睛都哭肿了。当妈的心疼女儿，想说实话，但被丈夫拦了下来，长痛不如短痛，女儿哭几天闹几天就好了。

1984 年年底，家里给张金萍介绍了一个在南方包工程的男人，对方手里有点小钱，还有辆小汽车，这条件李顺义根本比不上。第二年腊月，两个人订了婚，但张金萍心里还是放不下李顺义。那些信件、照片、裙子之类的纪念品，她都没扔，锁在了一个箱子里，以为这样就可以把感情封存起来。

可就在结婚前，未婚夫在工地上出了意外，被砸死了。再加上这时，张金萍父亲的身体也出了问题，周边的流言蜚语就多了起来，说张金萍“克夫”，克跑了李顺义、克死了未婚夫，还把自己的父亲气出病来了，“挨着张金萍的男人都没有好下场”。

1985 年，张金萍想去找李顺义，但怕家人再次阻拦，想着索性等父亲去世后，她再去。当然她也不知道，此时，李顺义已经准备结婚了。

1989 年秋天，张金萍还是嫁人了。对方是一个离异的五金店小老板，嫁过去后，日子平淡如水，没滋没味。

有一次，张金萍又翻出了之前的信件和照片，想起李顺义说过的话，就忍不住掉了眼泪。提前回家的丈夫看到后，火气顿时就上来了，还扔掉了那些信。事后，丈夫冷静下来，觉得自己太冲动，就给张金萍道了歉，还帮她找回了一部分信。这之后，张金萍慢慢开始接受了这个男人，跟他好好过起了日子。

1992 年，40 岁的张金萍因为宫外孕，失去了做母亲的资格。张金萍说：“那段时间我总哭，哭自己没出世的孩子，也哭当初是不是应该坚定一点跟着李顺义去东北，也许我们的孩子都能打酱油了。”可惜，人生没有如果。

张金萍也是苦命，和丈夫好不容易拉近距离了，恬静安稳的日子没过几年，丈夫在 2002 年突发脑溢血去世了。随后，父亲也去世了。

母亲看她太苦了，就把父亲当年伪造分手信的事情告诉了女儿。张金萍蒙了，一时间不知道该说什么。那时她已经49岁了，她猜李顺义肯定已经儿孙满堂了吧。

2005年，张金萍的母亲也去世了。最亲近的人一一离去后，心里还有结的张金萍抱着一丝念想，独自去了东北，想要找到李顺义。由于人生地不熟，信上的地址根本无从找起，没多久，张金萍就默默回山东了。等再次听到李顺义的消息时，张金萍原本平静的心，又起了涟漪。可惜，他们二人已经阴阳两隔了。

听完整个故事，我很久都没缓过来。李顺义和张金萍的感情纠葛了将近40年，直到人生的最后阶段，心里也没放下彼此。殡仪馆是每个人人生的最后一站，到这里来了，就什么都结束了。

我找到馆长，想说服他："我们不就是以服务好每一位逝者，让每一位逝者家属满意为宗旨的吗？如果逝者有什么心愿，我们能帮忙解决的就一定要解决吧。"馆长被我说动了，叮嘱我别弄得动静太大，不然不好交代。我看了一下皇历，刚好第二天适合婚丧嫁娶，就把日子定了。

举办婚礼的头一天晚上，我去找师父讲了来龙去脉，想让她和我一起做两朵结婚的花，“来红的”。“你疯了？我才不帮你做。”师父向来刀子嘴豆腐心，和我一起找来了白色宣纸，用铁丝固定，再穿上别针，一层层剪出来两朵白花。之后，我们还给李顺义额外叠了一些金元宝，算作“随礼”。

接下来，就是找司仪。我找了一位主持过婚礼的人，但他听我说的时候一脸蒙，说没主持过这样的婚礼呀，男方不可能起来回答，那誓词该怎么念呢？我绞尽脑汁在那想办法，想得头都要爆炸了。

第二天早上 8 点，张金萍来了，穿了一件银色的改良旗袍，上面绣着星星点点的合欢花，很好看。那一刻，我有一种错觉，恍惚间时间好像回到了 40 年前，他们双方的家里人同意了这门亲事，这对恋人终于可以结婚了。

当时，师父干活去了，参加婚礼的只有我、司仪和张金萍三个站着，还有一个躺着的李顺义。李顺义的儿子、儿媳在院里站着，不想管这事，他们只等着养父火化完，与养母合葬。

我们没放哀乐，怕动静太大，听不清司仪说什么，而且哀乐太沉重了。当然更不能放婚礼进行曲，不然别的家属听到了，会想你们这是在干什么。婚礼开始了，司仪问：“张金萍，你是否愿意嫁给李顺义？无论生不能同寝、死不能同穴？”

“愿意。”张金萍说。

“你自己选择了这种婚姻，往后余生，你都将带着对李顺义的爱慕之情度过，直至死亡，你能否做到？”

“能。”张金萍说。

随后，张金萍戴了一枚和李顺义遗物里一模一样的戒指，两人一人一枚都戴上之后，她上前轻吻了李顺义的脸颊，拉着他的手哭了很久。仿佛他们之间的那些遗憾、愧疚的情绪都没有了，只剩下深深的羁绊。看着张金萍哭，我们不忍心上前打扰，只希望她能把那些情绪发泄出来。

关于戒指的事，我后来了解到，当年李顺义把母亲的一对银镯子偷了出来，打了一对戒指，和张金萍一人一个，当作定情信物，还说总有一天他会把戒指给她换成金的。我想这也是李顺义去世前想要兑现的那个承诺吧。

听李顺义的儿子说，母亲有一年也闹着让父亲给她买金戒指，但父亲没答应。他当时不理解，觉得以李顺义的工资一个金戒指还是买得起的，现在终于知道原因了。

遗体火化时，需要摘下戒指。之前，李顺义的手指就已经很僵硬了，戴的时候很费劲，摘下时，更是差点把皮刮掉，我赶紧上前帮了张金萍一把。火化完毕，李顺义的骨灰被养子拿走了，和原配妻子葬在了一起。

我问张金萍，后悔自己做的这种选择吗？她说："从1977年到2017年，我等了整整40年，虽然最后是以这种方式嫁给了他，但我不后悔！"

没能和李顺义合葬的事，对张金萍来说遗憾肯定是有的。但李顺义有结发妻子，即使他再不喜欢，也是20年的夫妻了，总得有个先来后到。

我问张金萍："之后什么打算，选择回山东？"可她反问我："还回去干什么？"她在山东也没有亲人了。"等了他一辈子，结婚了就是他的人了。"张金萍变卖了山东的房产，在东北这边找了一处房子，买下来之后就独自居住了。

我觉得她太坚强了，要是换作我，可能就算了，因为活着太孤独了。年轻时候的孤独，还有排解的地方。可老了之后，就剩寂寞和怀念了。那时候，我经常去看她，后来因为怀孕生子，就去得少了，但还是保持每个月一次的频率去看她。

2019年，张金萍得了喉癌，身体不好，就住进了养老院。在养老院里，她慢慢变得不愿意接触人了，天天拿着两张照片看，不知道在想什么。

2020 年 10 月，张金萍在睡梦中离开了。我想，她是去找李顺义了。

宋哥回来以后听说了这件事，夸我："厉害啊，还能操办跨越生死的婚礼呢。"然后又说："可惜了，多好的化妆机会啊！"我说："拉倒吧，要是你来化妆，估计奶奶一看见爷爷那个妆容，就没有这场婚礼了。"他不乐意了，说他在家这几天研究透彻了，让我躺下，他给我从头到脚来一套完整的，让我看看他有进步没有。我说："真享福啊，提前 50 年体验死后服务，我师父都没这待遇。"

于是我就躺那儿，让他给我化个妆。这回虽然还是差了点，但是好多了，差就差在画得我一脸煞白，嘴唇颜色不对，眉毛也没协调好。毕竟我是活人，跟死人比还是有差距的，于是我给他找了几个准备统一火化、无人认领的寄存遗体，让他自己看看毛病在哪儿。他一次次失败，又一次次调整，让我再次见识了宋哥神奇的学习速度。

很快就要冬天了，跟宋哥打打闹闹的日子总是过得格外快，我感觉我跟他与其说像老师和学生，不如说更像哥哥和妹妹。我们俩会去看对方身上的优缺点，互相提意见，觉得任何一方有不好的地方，都能及时沟通。将近6个月的磨合之后，我和宋哥有了一次同病相怜的机会。

在我们这行，给遗体美容时是要戴手套的，因为遗体有细菌，一旦被细菌感染，就会导致免疫力低，白细胞也低，从而高烧感冒。我身体不好，天气一冷就容易感冒。一般情况下，天气冷下来时，我总是会格外保护自己多一些。但偏偏那天干活时，我发现单位没有手套了，有人去买了但是还没到。虽然当时我还有点感冒难受，但心里想：没手套就没手套吧，直接动手，总不至于那么倒霉吧。结果就是这么倒霉，怕啥来啥，我感染细菌了。更倒霉的是，当时宋哥也感冒了，进来帮我干活时，和我来了个直接接触。

两天后的半夜，我们在整理工具时，宋哥就开始打喷嚏，感觉冷，还开始坏肚子。接着，我突然迷糊、呕吐、腹泻。完了，我们师徒俩都栽了。宋哥在男厕所拉肚子还没出来，我就进了女厕所吐起来了，我俩没少折腾。大半夜的，殡仪馆很安静，我吐的声音，在主任办公室都能听见。主任和我师父吓坏了，都跑出来看我俩咋回事，但我俩刚完事出来没走两步，又返回去了。

宋哥被折腾得都虚脱了，再出来时都是扶墙走的，我最开始靠着墙，但后来连站着的劲儿都没有了。我俩也不管干净埋汰了，直接一屁股坐地上。师父心疼我，也不弄清楚是什么原因引起的，就赖到了食堂师傅和宋哥身上，说他们一个做了什么不干净的给我吃了，一个惯着我吃冷饮。主任说：“大冷天的不能光在地上坐着啊，赶紧送医院吧！”

我师父着急慌忙地扶着我就往电瓶车上放，但电瓶车靠背坏了，早被拿下去了，加上我当时体力不支，还没坐稳呢师父就骑出去了。结果我直接仰倒在地上了，主任看见赶紧喊我师父：“许老大，你闺女掉地上了！”我师父可好，一句没听到，就骑着跑得没影了。

过了一会儿，主任刚把我扶上单位的车，师父就折返回来了，一脸尴尬地笑着说：“骑车半道跟小四说话，她没回我，我一回头才发现闺女丢了，就吓得我赶紧回来找。”

虽然我师父粗心得不像个妈妈，但我从小父母离婚，他们对我也不好，我爷爷还说我是个没人要的孤儿，以至于我长这么大，一直都没有家的感觉。但自从跟了师父后，我才真正感觉自己有了妈有了家——尽管这个妈有些神经大条。而这个妈就住在殡仪馆，所以我说把殡仪馆当家，真不是假话。

那晚到了医院，大夫看我直迷糊，就给我量了体温，38℃。检查完，大夫说："不是食物中毒，是细菌感染。"我师父立马反应过来了，说我："又没戴手套，活该。"

大夫给我和宋哥开了药和点滴，安排我们去输液大厅了。主任给我们交完钱，安顿好之后就走了，师父在那陪护我们。后半宿，宋哥突然喊了起来："小四在乱动，都回血了。"宋哥人比较细心，即使自己也生着病，对我也颇为照顾。他知道我有过敏史，怕我是过敏反应，想去叫护士。

师父被宋哥吵醒了，问他："喊啥？咋了？"宋哥说："小四好像过敏了，一直动弹。"

师父看了我一眼，说："过啥敏，小四烟瘾犯了，没事。"折腾了大半宿，等我们回单位时，都早上9点多了。

平常我们都是站着工作，那天因为我俩病了，没事的时候可以坐着。我还是有点发烧，整个人蔫了吧唧的。宋哥体格好，输完液精神头比我好点。由于师父当时在跟逝者家属做沟通，宋哥就主动去食堂买了好饭给我吃。

我还难受着呢，就开始耍小孩脾气，说啥也不吃。宋哥直接来句："小四乖，小四张嘴吃饭饭。"我赶紧吃了，但不是被他感动的，是被他突如其来的这种语气恶心到了。他觉得这招好使，就更过分地说：“小四乖乖地养好病，小宋哥哥还给小四买雪糕吃。”

这时师父回来了，听到他说这句话，直接给了他一脚，警告说：“还买，都啥样了，好了也不许买！”那天不怎么忙，我和宋哥一直坐到了下午，身体缓过来不少。但到了晚上干活的时候，我又忘记戴手套，又被感染了。宋哥这回学聪明了，离我远远的。但他还是没躲掉，又被我传染了。就这样，我俩足足折腾半个月时间。

单位里的人都被我俩搞得害怕了，看见我俩就躲得远远的，还以为我俩得了啥绝症或者传染病，把我们关起来了，一屋关一个，也省得我俩没完没了地交叉感染。吃饭他们先吃，再放我俩进去吃，我俩吃完，他们再给食堂消毒，我俩待过的其他地方，也都一律消毒。这下，我跟宋哥真成了患难兄弟。

那些日子，除了在工作间里干活，我就怂恿宋哥一起玩斗地主，赢钱的那种。我赢了他 500 多元钱，我知道他是为了哄我开心故意放水输我的，钱我也没要。

玩了几宿斗地主之后，宋哥觉得没意思，我就开始弹吉他——我弹，他唱。弹累了，我让宋哥的展示新技能——折纸。我特别佩服会折纸的人，于是就跟宋哥商量着交换技能，我教他弹吉他，他教我折纸，还折了好多小玩具给我玩。

师父进来说：“两个病号，玩得挺开心啊！”我和宋哥都乐了，这是为数不多的开心时光。我突然就想，宋哥要是我的亲哥哥该多好啊。

我在这个殡仪馆里，越来越有家的感觉了，先是有了妈妈，现在又有了哥哥。虽然我妈也会打我、骂我，我哥也总是气我、吓我，但关键时候他们都宠着我，真好。

师父虽然从不当面夸我，但背地里总和别人说我很优秀，在带徒弟这方面，除了态度不严肃，剩下的教得都挺好，比她强，起码不会打人。她想让我独自长大的目的，似乎达到了。

宋哥会当面夸，因为之前宁宁的事情，他说：“小四，我真的很佩服你，佩服你的勇气，你的善良，也明白了为啥那天你在院里那么狂野。”从这以后，宋哥开始学习“善良”。这一学不要紧，他差点没被人打死。事情的起因还是在我身上。

我们这个职业，其实就是理解死亡，给逝者尊严和体面，给生者安慰和尊重。因此，除了入殓，与家属的沟通也是必不可少的。

以前，我也不会和家属沟通，来来回回只有一句“节哀顺变”。后来，我做了宋哥的师父，他话多，和他在一起时间长了我的话多了，跟家属沟通时，就不再是一句话了，动作也跟着上来了。

我会把他们搂过来，让他们靠在我肩膀上哭泣、倾诉，告诉他们我懂他们的心情。“逝者已逝，生者要坚强，逝者看见你们这么哭，也会心疼的，会走得不安心，死亡不是终点，遗忘才是。”宋哥看我怎么做，他也照做。他看我搂人，就直接上手去搂。有一次，居然搂着一个女家属哄，把她老公气得，说宋哥占自己媳妇便宜，要动手打他。我把宋哥领回屋里，问他：“你咋想的？”他说：“你不就这么干的吗？”我说因为我是女的，他还顶嘴，说：“那我搂男的，岂不是更奇怪？”我说：“非得搂吗？站在那儿，递张纸巾安抚安抚，不行吗？”

他不是总这么没脑子，也学到了好的。之前干完活，他都不给逝者鞠躬，后来会鞠躬了，还自己多加一句：“过程结束了，看，干干净净地走多好，谢谢您选择我为您服务。”有时，干活需要我俩来回切换，他会说，“接下来，由漂亮的小四妹妹给您梳头，想要个什么发型”？还拿手机找发型图片给人家介绍。

再后来，等到他有压力的时候，终于理解了我弹吉他是为了缓解压力，而他的解压方法是捶床。我说：“捶坏了，工资就没有了。”他就开始折纸。后来又升级了，给人折些祈福灯。我问他什么意思，他说：“希望他们不再有病痛，人世间的烦恼纷扰彻底放下，下辈子更好。”

过了一段时间，殡仪馆送来了一位14岁的小女孩，是被冻死的，死状诡异。离世时，她的姿势是坐着的，上身只有一件毛衣，下身光着，没穿裤子，眼睛瞪得特别大，举着右胳膊像是要抓住什么。看到她，我和宋哥都呆住了，难以想象这个女孩在死之前遭受了什么。当时，女孩的父母都不在，说是有点事儿要处理，得等一会儿才能过来，让我们先做服务。

我们把女孩请到了工作间。我跟宋哥说了服务流程：“天冷，得给她盖个被单，先把尸僵缓解下来。让她躺好，给洗个舒舒服服的澡，再梳个漂亮的小辫子，等会儿她家里人来了，再给她要一套干净衣服穿。”宋哥点点头，就去给孩子拿被单去了。盖好以后，我又多说了一句：“手里的劲儿轻点，孩子小别弄疼她。”宋哥说：“懂。”

我俩开始给她做按摩，一个按上半身，一个按下半身，终于让这个女孩躺了下来。给她洗澡之前，我把她的眼睛合上，对她说："好好睡觉吧，都结束了。"

宋哥给她洗头时，发现了一个细节——这孩子的头发上有东北农村烧火用的苞米秆叶子。女孩死之前连内裤都没穿，宋哥怀疑她肯定是遭到性侵了，就也不管什么规矩不规矩了，掀开女孩遗体上的被单，就想给她做尸检。

我赶紧拦住他，说："这里没有工具，怎么做？而且就算做出来了，咱俩又能怎么样？没准儿，她被送来前已经做过尸检了，她的父母可能就是因为在等尸检结果所以才没过来，我们先给她把入殓好，行吗？"

宋哥缓了一会儿，说："你说得对，我现在不是法医了，而是入殓师，既然没办法知道真相，唯一能做的就是好好入殓她，让她安静地走完人生的最后一程。"

宋哥给女孩洗完头发，我给她编了一个小辫子，还在她嘴唇上涂了一点口红。等我们把这些都做完，女孩的父母还是没有来。估计这个小女孩生前真的遭受了什么不好的事情。

第二天早上，女孩的家里人终于来了，父母、奶奶，还有一些亲戚。母亲看见女儿的遗体后，狠狠地抽了自己两个耳光，脸都抽红了，还抓着自己的头发捶胸顿足地喊着，后悔不该跟女儿吵架，她不跑出去的话，就不会是这样的结果了。父亲也红着眼圈，用力咬着自己的手，悲痛万分。但是，奶奶的表情里却透露着不耐烦和不在乎。

我上前给女孩的母亲擦了擦眼泪，让她先冷静下来，又问女孩的父亲：“能给孩子准备一套干净的衣服，让她先穿上吗？”拿到衣服后，我和宋哥一起隔着被单给女孩穿上了，接着把她推出去放冰棺里，摆好了离世的姿势。

见女孩的母亲还在哭，我就走过去安慰她：“发生了什么事，跟我说说行吗？”有时候让逝者家属倾诉出来，也是一个让他们发泄的方式。

她一边哭，一边含糊不清地说，女孩叫媛媛，14岁，上初中，正是叛逆的年纪，不好管教。媛媛出事的那天早上，上学之前跟妈妈吵了几句嘴，原因是妈妈在她的书包里发现了一封情书。

上初中后，同班同学都有手机，媛媛也羡慕，就缠着妈妈也买了一个。媛媛的手机没有锁，妈妈就打开看了一眼她的QQ、微信，结果发现她在QQ里跟一个男的互相叫着老公老婆，还说了一些不该14岁女孩说的话。看到这些东西时，妈妈瞬间五雷轰顶。

她想跟媛媛谈谈这个男的到底是谁，如果是同班同学，就别越雷池；如果是网友，就趁早断了联系，毕竟网上什么人都有，她怕媛媛被骗。没想到这件事情激怒了媛媛。

她扯着嗓子冲她妈妈喊："谈恋爱咋了，谈恋爱犯法啊！奶奶不就一直觉得女孩是个赔钱货吗？大不了我不念书了，早点嫁人就完了呗！"啪，妈妈给了她一个大嘴巴子，说她："还要点脸吗？这些话都谁教你的？从现在开始没收你的手机，省得你跟一些不三不四的人不学好！"媛媛就捂着脸背着书包，怒气冲冲地从家里跑了出去。

媛媛妈妈心里想着：小孩子闹脾气而已，等晚上放学回来给她做点好吃的，好好哄哄，再跟她好好谈谈，就过去了。但是，很晚了媛媛都没回来。

家里人就去学校问，老师说媛媛根本没来上学，跟她玩得好的同学都来了，她也不可能去同学家里。这下子家里人慌了，开始去村里、镇上等媛媛可能去的地方找她。

镇上有家网吧的老板说，白天看见媛媛了，但她没开机，在这混了一天，下午五点之前就走了，掐着放学的点走的。但媛媛从网吧出来没回家，家里人把镇上都翻遍了，就是不见她的踪影。

发现媛媛的是一个住得离媛媛家不远的人，大家都叫她三婶。

农村的冬天太冷，村民们都烧炕取暖。但是到了后半夜，炕容易凉，三婶怕冷，她经常半夜起来给炕添柴火。那天，正好屋里没有柴火了，她只能跑到院子前面的柴火垛里去拿。到了一看，发现柴火垛里有一个洞，她用手电筒往里一照，发现媛媛在里坐着一动不动，还没穿裤子。她意识到不对劲，就伸手摸一下看看怎么回事儿，接触到媛媛的一瞬间，她就被吓得坐到了地上，媛媛的身子已经凉了！

三婶之前虽然听说了媛媛失踪的事，但她做梦也没想到媛媛竟然死在她家的柴火垛里。缓了一会儿后，三婶赶紧跑回屋把她老公叫了起来。两人一起去了媛媛家，说找到媛媛了。媛媛妈妈也没多想，还握着三婶的手跟她说谢谢，“媛媛肯定饿坏了，我这就接她回家”。

三婶对媛媛妈说：“你要做好心理准备，不是你想的那样。我是在我家柴火垛里发现她的，已经没有呼吸了。”媛媛妈妈愣了一下，疯了似的跑过去扒开柴火垛，看到女儿的一瞬间，号啕大哭。她又仔细一看，发现女儿竟然没穿裤子，她怀疑女儿被性侵了，就赶紧报了警，还要求法医给媛媛做尸检。但法医给出的最后结果是：媛媛没有被性侵的痕迹，体内也没有精斑。这就奇怪了，裤子哪去了？她也不是傻子，大冷天的难道自己能脱裤子？况且柴火垛里也没有啊。

最后，警察给出的推测是，媛媛应该是被坏人盯上了，强奸未遂，她出于害怕就钻进了柴火垛里。能对媛媛这么做的应该是跟她同村的且让她没有戒备心的人。

警察查了监控视频，发现媛媛确实没去上学，在镇上的网吧里待了一天，晚上才往村子的方向走。回村的路上有监控摄像头，并没有发现什么不对劲，但村子里没有摄像头，媛媛进了村，就不知道发生什么了，也调查不出来。

我和宋哥听完之后，一时间都不知道该说些什么，就在那杵着。如果知道是这个结果，媛媛会后悔跟她妈妈吵架吗？她离世前伸出的手是想向妈妈求救吗？我们不得而知，只希望她能一路走好。而宋哥也通过这件事彻底接受了自己的新身份——入殓师。

天堂没有入殓师

2017 年秋天，林姐的婆婆偷偷自杀了。自杀的前一天，婆婆拉着她的手说：“你是个好儿媳，这十多年我都没给过你好脸色，你也没计较过，还任劳任怨地伺候我，我要谢谢你。”林姐只是听着没说话，等第二天早上去喂饭时，才发现婆婆自杀了。

林姐婆婆是个特别要强的人，可能是因为自己瘫痪了那么多年，加上儿子、孙子都去世了，不忍心再拖累林姐了。这次，林姐没有哭，内心似乎很平静。或许就像她自己说的那样，把婆婆送走之后，她的任务就算完成了，对她来讲人生就没有遗憾了。

亲自送走亲人的情况，几乎我们每个同事都经历过，但像林姐这么特殊的几乎没有。2014 年至 2017 年，看着林姐亲手送走了三位亲人，一开始我说不出来是什么滋味，后来我反而觉得林姐是彻底解脱了，以后的日子里她终于可以过自己喜欢的生活了。

一名入殓师的一生，就是入殓最重要的那几个人，等一个个都入殓完了，这辈子也就结束了。41岁的林姐，送走了所有亲人之后，孤独地走在人生最后一段路上。

有一段时间，林姐总跟我师父说肚子疼，还说下面有血，而且当时她还不在经期。我师父就陪她去做检查，但是也没有检查出来什么病。她虽然觉得自己的身体不太对劲，但也没太放在心上。而这，导致了林姐的病情加剧。

最明显的就是，林姐开始不爱吃饭了。她本来就瘦，不吃饭以后更瘦了，气色也特别不好。师父说陪她再去医院检查时，林姐还认为自己没事，后来经过复查，医生偷偷跟我师父说："她的病确诊了，宫颈癌晚期，只是早期的时候并没有肿瘤，下面出血还不多，所以没能及时发现。如果发现得早，还能做手术治疗，但治疗以后可能还会复发，这个病怕累，要多注意休息，而且现在已经是晚期了，治不了了，只能用药物干预来减轻她的症状，让她少点儿痛苦。"

师父出来后，皱着眉头坐在了门外的椅子上，我赶紧过去问她怎么样了。她先是伸手去摸包，想拿烟抽，但看了看四周又把手放下了，语气低沉地说：“林姐没有多少日子了，确诊了宫颈癌晚期，我不打算告诉她。”

回单位以后，师父找了个借口骗林姐说：“只是普通的妇科炎症，按时吃消炎药就行了。”怕林姐起疑心，她还把药收了起来，该吃药的时候才会取出来给林姐送去。可林姐也不是傻子，我师父那么大大咧咧的人，突然对她这么细心，肯定有事瞒她。就跟我师父开玩笑地问：“怎么突然这么关心我了？我该不会得了什么绝症吧？”“呸呸呸，别瞎说。”我师父赶紧打断了她。林姐又继续说：“这么紧张干吗？该不会被我说中了吧？”我师父说：“就没见过你这种没事给自己找点事，不盼着自己好的人。”林姐没再和我师父斗嘴，接了一壶水就回自己的工作间去了。

后来，林姐的状态越来越不好了，瘦得几乎皮包骨了。可能是因为身上疼，她每天就只喝点儿水，也很少吃饭。我师父知道她快不行了，所以没事就去她的工作间看她。

林姐后面的状态也已经不太能干活了。大多数时间里，她都拿着一本书在工作间里坐着看，坐累了就去后面的宿舍躺会儿。

2018 年 5 月，林姐去世了。我师父第一个发现的，林姐走的时候就坐在她工作间里那个常坐的木头板凳上，闭着眼睛。或许像林姐自己说的那样，她把婆婆送走之后，就再也没有遗憾了。

这时，我觉得死亡就是另一种睡着了，再也感受不到时间的流逝，也感受不到这世间所有的一切，也就没有了烦恼和忧愁。

林姐在去世前的前一天晚上，还跟我师父说："我做了两天梦，梦见我丈夫带着孩子来接我了，说他们太想我了，他们现在过得挺好，想把我接过去享福。"说完，林姐又顿了顿，说："虽然我还不想太早过去找他们，但我自己又挺孤独的。"她还逗我师父说："你给我出出主意，到底要不要去？"我师父还开玩笑地让她滚蛋。

我跟我师父说："林姐可能是太疼了或者太累了，想歇歇，坐着睡着的时候，姐夫就来接她了。她可能是太想他们了，就没有拒绝姐夫跟着走了。"我还问师父，林姐到底知不知道自己患癌症的事？师父说："她应该是知道的，但就像你说的那样，她太想孩子了，就装作不知道，平静地等着死亡来临的那一刻，好去跟孩子团聚。"

林姐的丧葬费是单位出的，丧事是我师父打点的。葬礼很简单，林姐躺在吊唁厅的冰棺里，和生前一样文静。单位的同事们陪了她三天，每人都给她送了一个花圈。告别的那一刻，全单位的同事都来给林姐鞠了一躬。

同事们都说，林姐这一辈子没有一天是为自己活的，她把自己全都献给了工作和家庭。她身上那种遇到任何事都很乐观的态度一直影响着我。

有段时间，宋哥说他不想接受家里的安排，想自主选择人生。我沉默了几秒，跟他说："上海那边待遇挺好的，大陆第一支90后遗体美容师队伍就出自上海，去上海发展的空间比这边会好很多，工资待遇也不差。"我知道以他的能力，窝在这个小地方对他是不公平的。出去闯闯，能学得更完善一点，还能挣更多的钱。也许就像我一样，离开了师父，他才能成长得更快。

过了一段时间，我找宋哥谈了一次，问他："再有四个月就一年了，你自己有啥想法吗？是想留下，还是出去闯闯？"宋哥被我的话问住了，他可能没想过要离开，就说："要不就留下来吧，跟你在一起相处还是挺快乐的，新的环境和同事，要重新去磨合，还要从头吃苦。"我说："重新磨合也不是坏事，出去闯闯见见世面，混得好就扎根，混得不好再回来继续跟着我。"他没有说话。最后，我告诉他："回去好好想想，不用着急给我答案，我也没有赶你走的意思。"

其实，我是希望宋哥留下来的。我承认我有私心，之前师父打算带着我出去单干，如果我们要组建团队，肯定需要宋哥这样优秀的人。过了几天，宋哥跟我说："我想去上海试试，很好奇新的环境，也很好奇你说的先进技术，更好奇自己的未来会是什么样。"听他说前半句的一瞬间，我愣了一下。虽然，我早已猜到了宋哥的答案，但听他亲口说出来，还是有点难受。八个多月的相处，磨合出来的默契，我亲自带出来的人，要我放他走我舍不得。

宋哥的突飞猛进，不只我，馆长他们也都看在眼里。馆长还曾私下和我说了无数次："一定要把他留下来。"我也想把他留下，但我不能那么自私，如果宋哥真的有了更好的平台，能干得更好，我祝福他。

我把眼泪憋了回去，硬挤出一个笑脸，跟他说："行，滚蛋吧，滚了挺好没人烦我了，也没人画得跟个小纸人似的吓唬我了，也不用来回跟我交叉感染了。打算什么时候走啊？一会儿我跟人事说给你结工资。"

其实宋哥一个月工资才 4500 元钱，我自己又掏腰包给他拿了 3500 元钱。上海是个大城市，宋哥在没站住脚之前，吃饭、住宿都需要钱，虽然这3500元钱不够干什么的，但总比没有强。

宋哥决定走以后，师父跟我说挺好的，也算替我圆梦了，毕竟我结婚了，也不能出去闯了，这样确实挺好的。最后，我和宋哥、师父一起组了个饭局，那天晚上我喝了好多酒。

包房里，我把吉他和一次性帽子又拿了出来，弹着刚认识宋哥时的那首《不再犹豫》，又表演了一次把帽子从头上甩飞。宋哥哈哈乐，我说："这是送给你的礼物，以后就看不到狂野的小四了。"说着说着，我的眼泪就掉了下来，和宋哥相处的一幕一幕也浮现在了眼前。

宋哥刚来一个多月的时候，他一碰殡仪馆的门把手就掉，一碰就掉。后来他碰了宿舍的门，结果门整个都掉了。他就有了个外号，叫"碰啥啥坏"。

夏天的晚上，师父总带着我和宋哥去旁边的山上玩。山上有人养鸡，菜地里还种了西瓜和蔬菜。我和师父在地里偷，宋哥就在旁边放风。我们回去的时候，身上都是沙土，同事们还问我师父，又领着俩孩子上哪儿淘气去了？

我对宋哥说："我承认我自私，没教好你，以后到了上海，如果活没干好，别说是我教的，我可不跟你一起丢人。”宋哥说：“我在你身上学到和收获了很多，你对逝者和逝者家属的那种态度，你心底的善良够我学一辈子的。”宋哥眼睛也红了，就跑出去了。

我以为他不好意思，跑厕所哭去了，没一会儿他就回来了，手里拿了两条烟和一个雪糕，说：“这也是我最后一次给你买烟和雪糕了。”说完，又用肉麻的语气说：“以后，要好好听许老大的话，我很羡慕你能有这么好的师父。我保证，如果在那边混好了，会想着给你留个位置。”听到这里，我被感动哭了，虽然我和家里人关系不好，但师父像妈妈一样、宋哥像哥哥一样，都给予了我家人般的宠爱。

我举起酒杯，把眼泪一抹，说：“不说这些了，接下来的这首歌《真的爱你》，送给我师父。”宋哥在那“啪啪”拍手，还吹口哨。热闹的气氛引得其他客人都往我们这个包厢里看，有的还进来跟着跳舞，跟我们喝酒。

那个晚上，有开心，有不舍，所有的情绪都留在了那里。那天之后，他们都离我而去了。

宋哥走后，馆长不乐意了，追在我屁股后面骂了我一个星期。问我怎么想的，那么优秀的人，怎么就给放走了。其他同事也都骂我傻，说宋哥那么优秀，应该把他留下来，还能给我和师父减轻点负担，他这一走，我们俩又得自己挨累了。他们说的话我没往心里去。

2018年农历新年，我升级成了孕妈，当时觉得自己年龄还小，本来没想生孩子，可许老大说，她看到小家伙在我肚子里的样子了就心软了，让我把这个孩子留了下来。

到了孕中期的时候，许老大给了我一张银行卡，说："这是我的积蓄，你有孩子了就放弃这个行业吧，对孩子不好。既然你那么爱吃冰激凌，干脆开一个奶茶店吧！"我说："你把钱给我了，你怎么办？"她说："钱，我还能挣，多挣点，好给我外孙子多攒点。"

我拉着她的手，放在我的肚子上，问她："想要孙子还是孙女啊？"她说："只要健康就好，男孩女孩哪个我都喜欢。"但想了想又说："还是女孩吧，女孩跟妈妈贴心。"

孩子还没出生时，许老大就开始买婴儿用品。有一次我正在她屋里躺着吃水果呢，她背着手进来笑嘻嘻地问我："猜猜我买啥了？噔噔！是小袜子。"她把袜子拿出来后，又说："这袜子好小啊，真可爱，宝宝穿上一定更可爱。”我又一次躺在了她腿上，看着她说：“这个夏天过完，你就当姥姥了，到时候就有得忙活了。”

那天晚上，她还买了书和字典，戴着老花镜看育儿书，学习怎么带孩子呢。我还说她：“成小老太太咯，都有白头发了，眼睛也花了。”她说：“我都要当姥姥了，能不老吗？”

我过去搂着她的脖子，她说：“别腻歪了，热死了。”我就搂得更紧了，“就不撒开，就黏着你”。

我以为日子能这么平淡温馨地过下去的时候，许老大突然过世了。

其实早在我刚结婚的时候，我就发现师父偷偷吃药，而且干活的时候总会时不时出去扶着门大喘气。我问过她怎么了，她就是不跟我说实话。后来我偷偷托人打听到她病了，病得很严重，也跟她经常喝酒有关系。我让她戒酒她不听，背着我偷偷喝。

2018 年 7 月 13 日，许老大的好朋友给我爱人打电话，让他慢慢告诉我，我师父突发脑溢血伴随心脏病离世了。我拽着我爱人衣领，几乎是咆哮地问他：“说啥呢，再说一遍！”骤然听到师父离世的消息，我根本不信，以为自己听错了。他说：“师父没了，你不要激动。”我要去殡仪馆，他不让我去，但最后，我还是去了。

同事们、师父的朋友以及殡仪馆里的其他人，看到一个孕妇出现在这里，都傻眼了。师父的朋友发现孕妇是我后就跑过来拽着我，说啥都不让我进。我推开他们，去了工作间，拿起工具准备亲自给师父入殓。

殡仪馆有专门存放遗体美容师工具箱的地方，每个人自己有自己的工具箱。里面装的是胶水、各种画刷、手术剪子、镊子、手术刀、金属丝等。许老大的规矩是她的那套东西要传给自己最优秀的徒弟，而且这些接触死人的东西不能拿回家。

他们拽着我，说："别闹，控制点情绪，不能任性。你师父我们已经替你入殓完了，这地方真不是一个孕妇能进的。"我瞪着他们问："我没来，谁允许你们碰她的？"

然后，我就给师父的朋友跪下了，我求她让我进去看师父，哪怕就一眼。她明白我跟许老大感情太深了，把我拽了起来，最后还是让我进去了。

进去之后，看着许老大躺在那里一动不动，一瞬间我的情绪全都上来了，但他们在一旁不断叮嘱我，不能哭，哭了容易流产。我始终接受不了，憋着一股劲儿，拽着许老大胳膊说："许老大，你给我起来，少在这里跟我装，这玩笑过分了吧！跟我说你是骗我的，是你和他们一起骗我的！”但她始终一点儿反应都没有。

我开始骂她：“你就是个骗子，说好的等着抱外孙子，说好的怕我害怕会陪着我生产，给我鼓劲儿，你怎么能说话不算话呢？还有那年你答应我的摩天轮我还没坐呢，答应的事你都没办，你就睡觉，你是不是有点儿玩不起了。”我还把头发散开，搬了一把椅子坐到她身边，让她起来给我梳头发：“今天头发还没梳呢！”

最后，同事们还是把我拽了出来，他们也在抹眼泪，劝我说：“不能接受也得接受。”我说：“不用放三天了，我不来，她躺这儿给谁看？”第二天，他们就按照我的意愿，把许老大火化了。火化之前是我给许老大摔的盆，我还对她喊：“许老大，你赶紧给我起来，你怕热，里面那么热你肯定受不了！”可是她没起来，也没回答我，就那么走了。

许老大没有墓地，骨灰只能先寄存起来，我就把她的小盒子抢了过来搂在怀里，死活都不松手。我知道我一松手就彻底失去她了，他们掰我的手都掰不开，我搂着她的小盒子坐在椅子上，回忆起这五年里我跟她的点点滴滴。直到这一刻我才发现，这五年里，我和她早就成了彼此生命里最重要的人。

第一次在殡仪馆门口见她，她不要我；在这个院里，她打我，带着我干活，我搂着她撒娇。夏天，我们一起去单位前面的地里偷土豆、西瓜、玉米；夜晚在屋顶看星星，弹吉他。我为了克服恐惧，主动去摸遗体的手，她躲在门口偷偷吓唬我。还有我跟她一起为逝者做的那些事，这些画面都在我脑子里浮现了出来。

生孩子那天，我一直问“我师父怎么没来”？很快我才反应过来了，扭头偷偷哭了。出了月子后，我去许老大的出租屋给她收拾遗物时，躺在她躺过的床上，默默流着眼泪摸她的枕头。我问她：“不是说好的，咱们娘俩互相有个伴吗？师姥姥走的时候，你是不是也像我这样难受？窒息得要死了？”我又跟她讲：“回来看看我好不好，看看你的外孙女，抱抱她也抱抱我好不好？”

后来，我在身上文了一只抱着胡萝卜的小兔子，因为师父是属兔子的，而我就是那根胡萝卜，永远被师父保护在怀里。

也许，孤独是人生的本质。干这个工作也经常会想不开，看过好多横死的人之后，我就越发觉得，自己接受不了太惨烈的离世方式，而且不知道将来自己的遗体能否得到应有的照料。

我也经常劝自己，不可以这样，我做着离死亡最近的工作，这份有意义的工作教会了我那么多，教我看透了那么多虚伪的人和事，看到了世间最真实的人情冷暖。但既然都看透了，我为什么就不能好好地活着呢？

有时我还想，作为"圈内人"，等我死了的那一天是谁帮我入殓化妆呢？师父去世时有我，而我收的徒弟手艺还没我好呢，我不放心，得提前叮嘱徒弟细心点、温柔点，做服务时记得也和我唠唠嗑。

我想过，如果我能上天堂的话——我应该可以吧——应该去做什么呢？想了半天之后，有点儿失望，天堂里不需要入殓师吧？

孩子戒奶以后，我就回单位工作了。虽然师父走后的那段时间，我曾无数次想要放弃这个行业，但现在我不想了。我想努力学习，结合更先进的殡葬服务技术，把师父教我的手艺好好传下去。而馆长也对我提出了新的要求：不用干多少活，只要多带学生就行。还给我下了一个死命令：至少留下 1 ～ 2 个优秀的，除非没有，不然扣工资。于是我开始一次性地带 5 ～ 8 个学生。

这些学生，有很多态度敷衍的、不会来事儿的、不好好学的，让我憋火。这要是以前师父在的时候，我指定会教训他们几个，因为有师父给我兜着。但是现在师父不在了，没人能保护我了，所以只要不是大事，我都不会发火，能忍就忍了。

渐渐地，我也活成了师父的模样。我和我师父都不是温柔的人，但师父把最温柔、最好的一面给了我。有师父在的时候，我永远都不需要长大。

之后，我再带新人的时候，也开始变得温柔，有耐心了。也终于理解师父当年为什么会对我这样了。

以前，我不愿意与人打交道，家属对我态度不好时我也态度不好，扭头就走，心里还会骂对方。现在的我，会试着理解他们的情绪，跟他们耐心解释，告诉他们别急，急也不解决问题，问他们想怎么做，而我的能力能做到什么程度。我不再挨揍了，也不再任性耍脾气了。

师父你看，我没给你丢脸，那个赖着你的小女孩，终于长成了独当一面的小女人。